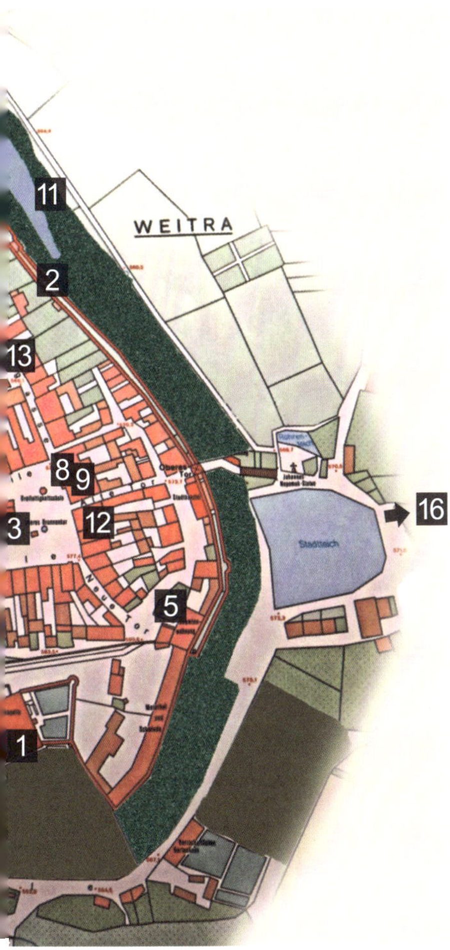

1 Burg
2 Stadtmauer
3 Rathaus
4 Städtisches Brauhaus
5 Hofbrauhaus
6 Stadtpfarrkirche Peter u. Paul
7 Schauplatz Rangelei
8 Wohnhaus Stadtrichter
9 Schankhaus Eisenpeck
10 Wohnhaus Bürgermeister
11 Stadtgraben mit Eglsee
12 Eisenwarenhandlung Grienpöckh
13 Fundort Leiche Sailler
14 Haus Sailler
15 Wohnhaus Preuer
16 Grienpöckhteich
17 Waschteich in Brühl

Ernest Zederbauer

Hopfen, Malz, Mord

Ernest Zederbauer

Hopfen Malz Mord

Ein Waldviertel-Krimi
700 Jahre Braugerechtigkeit
der Stadt Weitra

J. F. Kennedyplatz 2, 2560 Berndorf
E-mail: office@kral-verlag.at, www.kral-verlag.at

Umschlag und Buchgestaltung: Tina Gerstenmayer,
D&K Publishing Service, Wien | www.dkwp.at
Schrift: Palatino Linotype

Erschienen in Berndorf im Frühjahr 2021
ISBN 978-3-99024-985-7
Erste Auflage / Gedruckt in der EU

Handelnde Personen

Die auf der folgenden Doppelseite kursiv gesetzten Personen haben damals wirklich gelebt, ihre Rollen in diesem Roman sind jedoch der Phantasie des Autors entsprungen. Die alte Schreibweise der Namen wurde beibehalten. Bürgermeister Wolffgang Fleischhackher, Stadtrichter Leopoldt Rueßwurmb und die anderen kursiv gesetzten Personen sind tatsächlich am 26. Dezember 1548 vom Rat gewählt, bzw. bestellt worden.

Ladislaus von Prag und Windhaag und seine Familie waren von 1508 bis 1550 Pfandherren der Herrschaft Weitra. Alle anderen im Buch vorkommenden Personen sind ebenso wenig echt wie die Morde an den Bräuern.

Die Handlung beginnt am 28. September 1549 und endet mit dem 31.12. 1550. Der Autor hat sich bemüht, das Leben in der Stadt in jener Zeit so authentisch wie möglich wiederzugeben. Die wirtschaftlichen und gesellschaftlichen Probleme rund um die Rechte und Freiheiten innerhalb der Bannmeile hat es in dieser oder ähnlicher Weise immer wieder gegeben. Wie in historischen Romanen üblich, so werden auch hier Fakten und Fiktion vermischt.

Am 26. September 1321 erhielt die Stadt von König Friedrich dem Schönen das Recht, Bier zu brauen; damit ist Weitra die älteste Braustadt Österreichs! Das Jubiläum „700 Jahre Braugerechtigkeit" im Jahre 2021 war der Anlass für den Autor, diesen Bierkrimi zu schreiben!

Handelnde Personen der Stadt Weitra

Wolffgang Fleischhackher	*Bürgermeister von Weitra*
Leopoldt Rueßwurmb	*Stadtrichter*
Georg Zwickhennagl	*Stadtschreiber*
Paul Burger	*Stadtpfarrer von Weitra*
Josef Steinbrecher	Stadtbauer, Ratsherr
Thomas Windprechtinger	Stadtbüttel
Wolffgang Grienpöckh	*Ratsherr, Brauer und Besitzer einer Eisenhandlung*
Paul Khirschner	*Ratsherr*
Andre Khalcher	*Ratsherr*
Karl Steinbrecher	*Ratsherr, Stadtbauer*
Veith Franckhenstainer	*Auf- und Zusperrer Unteres Tor*
Rosalia Franckhenstainer	seine Frau
Ernst Zötterpauer	Nachtwächter
Matthäus Fuchs	Medicus
Hans Eisenpeck	Zunftmeister
Peter Schuster	Lehrling bei Eisenpeck
Hans Haider	Braumeister Hofbrauhaus
Andre Preuer	Geselle Hofbrauhaus
Agnes Preuer	ehemalige Wäscherin, Frau von Andre
Caspar Brandtner	Lehrling Hofbrauhaus
Michael Khnapp	Braumeister Städtisches Brauhaus
Vinzenz Sailler	Geselle Städtisches Brauhaus
Hildegard Sailler	Kräuterweib, Frau v. Vinzenz
Sibylle Saumweber	Hausfrau, ehem. Wäscherin
Anna Silberpauer	Wäscherin

Handelnde Personen bei Herrschaft und Burg

*Ladislaus II. (Lasla) Freiherr zu Prag und Windhaag (*1508 +1558)*	*Pfandinhaber der Herrschaft Weitra von 1539–1550)*
Engelburg von Lamberg	*seine Gattin, hatten keine Kinder*
Hans, Andre von Prag und Windhaag	Neffen
Matthias Ponstingl	Fuhrknecht der Herrschaft

Vorwort

Seit ihrer Gründung im Jahre 1201 durch Hadmar II. von Kuenring war die Stadt Weitra ein bedeutsamer Grenzposten gegen Böhmen und nahm in der Rangfolge der Waldviertler Städte stets eine Sonderstellung ein. So kam es also, dass König Friedrich der Schöne mit dem Dekret vom 26. Mai 1321 der Stadt bestimmte Rechte und Freiheiten verlieh. Drei davon waren für die wirtschaftliche Entwicklung der Stadt im besonderen Maße ausschlaggebend:

1. Des ersten, daz die Lantstrazze, die unec her auzzen für die stat ze weitra is gangen, daz di hinnen für ewichlichen gen sol durch die stat.
3. Ez sol auch chain gastgeb sein bei der stat nehener dann in ainer meil.
4. Ez sol auch nieman chain pyer prewen in ainer meil bei der stat.

Punkt Eins war wohl das wichtigste Privileg, denn dadurch musste die Straße, die ursprünglich von Zwettl über Rosenau, Spital, Altweitra, Schagges, Phyrabruck nach Böhmen ging, durch die Stadt verlegt werden. Damit wurde Weitra zum wohl wichtigsten Zentralort militärischer, wirtschaftlicher und administrativer Aktivitäten im Oberen Waldviertel. Dafür musste die Stadt die Brücke über den Tiefenbach errichten und auch erhalten. Da die

Stadt über das Stapelrecht verfügte, mussten ab nun alle durchziehenden Händler ihre Waren vierzehn Tage den Bürgern von Weitra anbieten, bevor sie weiter fuhren. Für die Brautradition Weitras waren aber Punkt Drei und Vier von großer Bedeutung.

Eine Bannmeile waren 7,58 km. Im Klartext heißt das, dass es innerhalb dieses Umkreises weder ein Gasthaus, noch eine Brauerei geben durfte. Diese strikte Regelung gab natürlich immer Anlass zu Streitigkeiten. Schließlich waren in der Stadt 35 Häuser berechtigt, Bier zu brauen. Ein Städtisches Brauhaus, ein Hofbräuhaus und 33 Bürgerhäuser. Es steht zwar fest, dass niemals alle Bräuer zur gleichen Zeit brauten, aber dennoch war der Konkurrenzdruck allemal sehr hoch und Zwist stand an der Tagesordnung. So gab es immer wieder Streit zwischen dem Hofbrauhaus und dem Städtischen Brauhaus, wahrscheinlich aber auch unter den kleinen Bräuern. Hauptsächlich richteten sich die Beschwerden der Gemeinde an die Herrschaft. Denn diese nötigten ihre Arbeiter und Geschäftspartner dazu, nur das Bier des Hofbrauhauses zu goutieren.

Obwohl die Stadt Weitra das Privileg besaß, dass innerhalb einer Meile um die Stadt der Betrieb eines Wirtshauses oder einer Taverne nicht gestattet war, befanden sich zeitweise in St. Martin und Eichberg Wirtshäuser und in Hörmanns, Dietmanns und Eichberg auch Brauhäuser. Außerdem kam es im Lauf der Zeit immer wieder vor, dass sogenannte Gey- oder Fürkäufe innerhalb der Meile angeboten wurden. Auch dieser Umstand war widerrechtlich und führte immer wieder zum Streit. Denn für Bauern, Händler und Handwerker innerhalb der Meile kam der

Anfeilzwang zu tragen, was wiederum bedeutete, dass diese ihre Produkte zu allererst den Bürgern in der Stadt anbieten mussten.

Konkurrenzdruck, Neid und Gier sind keineswegs Erfindungen der Neuzeit, sondern gaben zu allen Zeiten Anlass für Beschwerden und Anzeigen, Mord und Totschlag stand jedoch nicht auf der Tagesordnung. Die schaurigen Taten, welche der Krimi zum Inhalt hat, sind einzig und allein der Phantasie des Autors entsprungen.

Die bedeutende Rolle, die das Bierbrauen in Weitra spielte, wird dadurch verdeutlicht, dass die älteste erhaltene Zunftordnung in Weitra die der Melzer und Bräuer ist. 1531 wurde die Zeche der Weitraer Bräuer und Melzer gegründet und die Zunftordnung sowohl von Ladislaus II. von Prag, Freiherr zu Windhaag und Herr auf Weitra, als auch von Richter, Rat und Gemeinde der Stadt bestätigt. Diese regelte die Voraussetzungen für den Betrieb des Handwerks, die Aufnahme der Lehrlinge, die Dauer der Lehrzeit und die Erlangung des Meisterbriefes.

Ein Bestandteil dieser Handwerksordnung betraf den Festtag ihres Schutzpatrones, dem Hl. Wenzel. So heißt es dort wörtlich: *Den Jahrestag ihrer Bruderschaft feiern sie jetzt und für ewige Zeiten am Tag des Hl. Wenzels (28. September) mit einem gesungenen Amt auf dem St. Stefans- und St. Lorenzaltar in der Pfarrkirche in Weitra und mit etlichen gesprochenen Messen nach Gelegenheit der Priester. Am Jahrtag soll man die Kerzen anzünden, die der Bruderschaft gehören, und an diesem Tag und alle Quatember im Jahr soll man für die Brüder und Schwestern der St. Wenzelbruderschaft beten, und zwar für die Lebenden und Toten und für alles, was zu Gottes Ehre zur ge-*

nannten Bruderschaft gehört, wie es in einem bestimmten Büchel von Jahr zu Jahr verzeichnet ist.

Dieser Jahrestag ihres Schutzpatrons war für die Mitglieder der Weitraer Brauzunft ein Festtag. Meister, Gesellen und Lehrlinge kleideten sich dem Anlass entsprechend feierlich und versammelten sich vor dem Beginn der Messe um zehn Uhr auf dem Kirchenplatz. Genau hier soll unser Krimi beginnen, am 28. September 1549.

-1-

Bürgermeister Wolfgang Fleischhackher blickte zum wiederholten Male auf die Kirchturmuhr. Es war bereits fünf Minuten vor Zehn und von den Leuten des Hofbrauhauses war noch niemand zu sehen. Üblicherweise zogen alle Mitglieder der Brauzunft zum Glockenschlag gemeinsam in die Kirche ein.

Der Wind war stärker geworden und trieb dunkle Wolken aus dem Westen vor sich her. Über dem Nebelstein flammten bereits Blitze auf und ein paar Minuten später würde das Gewitter über der Stadt sein. Sichtlich beunruhigt wandte er sich an den Braumeister des Städtischen Brauhauses.

„Meister Khnapp, seid doch so gut und schaut euch in der Kirche um, ob von den Hofbrauleuten etwas zu sehen ist."

Der Braumeister eilte rasch dem hinteren Kirchentor zu. Bald darauf stand er schwer atmend wieder vor der versammelten Schar, brandschwarzer Zorn stand auf seinem Gesicht geschrieben.

„Es ist ein Frevel sondergleichen, aber der Schlossvogt sitzt mit seinen Leuten bereits rechts in der ersten Reihe, in den Bänken, die seit Jahr und Tag den Städtischen Bräuern zugeschrieben sind nach altem Herkommen! Was sollen wir tun? Wollen wir uns das gefallen lassen?"

Bürgermeister Fleischhackher und Stadtrichter Leopold Rueßwurmb schreckten auf.

„Es ist doch immer dasselbe, dass sich die hochedlen Herren vom Schloss nicht an die alten Sitten halten" stieß der Stadtrichter erregt hervor, „aber lasset uns das später klären! Machen wir vorerst gute Miene zum bösen Spiel und ziehen wir ein!"

Gemurmel wurde laut, Fäuste geballt, Drohrufe ausgesprochen. Man sah den Bräuern an, dass sie das skandalöse Verhalten der Zunftbrüder vom Hofbrauhaus verabscheuten. Bürgermeister Fleischhackher sprach auf die erboste Menge ein.

„Beruhigt euch bitte, stellt euch auf in Reih und Glied und lasset uns einziehen. Alles andere wird Bestandteil einer Verhandlung im Rat sein!"

Missmutig folgten die Bräuer der Weisung des Bürgermeisters. In Dreierreihen setzte sich der Zug in Bewegung. Geselle Vinzenz Sailler mit der schönen Zunftfahne an der

Spitze, hinter ihm Bürgermeister, Stadtrichter, Stadtschreiber, Ratsherren des Inneren und des Äußeren Rates, gefolgt vom Zunftmeister Hanns Eisenpeck, Braumeistern, Gesellen, Lehrlingen und ihren Familien. Gemeinsam strebten sie dem Kirchtor zu, traten ernsthaft und scheinbar gefasst in die Kirche ein und schritten im Mittelgang auf die ersten Bankreihen der linken Seite zu, um dort widerwillig Platz zu nehmen. So manche hatten ihre Fäuste noch geballt und sandten den verhassten Zunftbrüdern auf der rechten Seite böse Blicke zu, was diese wiederum mit einem unverschämten Grinsen quittierten.

Pfarrer Paul Burger, der mit großem Unbehagen die Spannung zwischen den rivalisierenden Gruppen spürte, begann sofort mit dem Gottesdienst. Hanns Haider, Braumeister der herrschaftlichen Brauerei, las die erste Lesung, Michael Khnapp die zweite. Die beiden Gesellen Andre Preuer und Vinzenz Sailler wechselten einander bei den Fürbitten ab. Hochwürden Burger erklomm die Stiegen zur Kanzel, um das Evangelium zu verlesen. Ihm war nicht wohl in seiner Haut, er fürchtete mit Recht eine gröbere Auseinandersetzung zwischen den beiden Gruppen. Also ließ er den Zettel, auf dem er seine Predigt vorbereitet hatte in der Tasche seiner Soutane stecken, wollte den Friedensengel spielen. Und damit goss er nur noch mehr Öl ins Feuer.

„Wir sind alle Kinder des einen Gottes" donnerte er von der Kanzel herab, „keiner ist gleicher als gleich! Denkt an den Evangelisten Matthäus, der da sagt: Richtet nicht, auf dass ihr nicht gerichtet werdet; denn mit welchem Gericht ihr richtet, werdet ihr gerichtet werden, und mit welchem

Maß ihr messt, werdet ihr gemessen werden. Was siehst du den Splitter im Auge deines Bruders, den Balken aber in deinem Auge nimmst du nicht wahr? Darum streitet nicht wegen Kleinigkeiten, die nichts sind vor den Augen des Herrn! Nur kleinkrämerische Eitelkeiten, verletzter Stolz ob einer anders folgenden Reihenfolge! Ist es nicht viel wichtiger, dass ihr alle hier seid, um den Namenstag eures Schutzpatrons gemeinsam zu feiern, zu seinen Ehren und zu Ehren eurer Zunft! Darum sage ich euch, senkt eure Blicke demütig zu Boden, vergesst eure Zwistigkeiten! Denkt an euren Schutzheiligen Wenzel von Böhmen, der sein Fürstentum christianisierte und einer der ersten Heiligen seines Landes und Beschützer in Not und Kriegsgefahr wurde. Glaubt ihr denn, er würde das gutheißen, was ihr hier treibt? Dass ihr ständig die Ordnung eurer Zunft verletzt in eurem Machtstreben nach mehr? Indem ihr euch gegenseitig die Kunden abspenstig macht, Wirte abwerbt in eurem Streben nach mehr Geld und Einfluss. Jeder soll sich das nehmen, was ihm zusteht und nicht mehr. Vergesst den alten Hader und Zwist zwischen Hofbrauhaus und Städtischem Brauhaus, aber auch Neid und Gier unter den kleinen Bräuern der Stadt. Respektiert das Gesetz der Bannmeile und Brauch und Sitte nach altem Herkommen! Amen!“

Schwer atmend ob seines emotionalen Ausbruches stieg er die Stiegen hinab und setzte am Hauptaltar die Messfeier fort. Im selben Moment war lauter Donnerschlag zu hören, einem Gottesurteil gleich und schwerer Regen klatschte gegen das Kirchendach. Sekundenlang herrschte Totenstille in dem alten Gemäuer. Manch einem stand der Schrecken ins Gesicht geschrieben, andere wiederum bissen ihre Zähne fest zusammen und sandten böse Blicken der anderen Reihe zu. Die Lunte brannte lichterloh, drohte alsbald zu zünden. Gemurmel wurde laut, manch einer scharrte mit den Füßen auf dem harten Kirchenpflaster, um seinem Unmut freien Lauf zu lassen. Die Frauen beschwichtigten ihre Ehemänner und nach einiger Zeit trat wieder Ruhe ein. Doch jeder in der Kirche konnte sich vorstellen, dass es nur ein Fünkchen brauchte, um die Lohe aufflammen zu lassen.

Pfarrer Burger zog den Rest der Messfeier bewusst in die Länge, hoffte, dass sich dadurch die Gemüter wieder abkühlen würden. Doch er irrte sich! Denn nach dem Segensspruch strömten zuerst die Kirchgänger hinaus. Danach die Städtischen Bräuer mit der Zunftfahne, gefolgt von der Abordnung der herrschaftlichen Brauer. Mittlerweile hatte der Regen aufgehört, das Gewitter sich verzogen, so rasch, wie es gekommen war. In den großen Wasserpfützen des Kirchenplatzes blitzten Sonnenstrahlen auf und der lehmige Boden hatte sich in eine Schlammwüste verwandelt.

Es kam, wie es kommen musste. Wie es von einigen befürchtet, von anderen herbeigesehnt wurde. Peter Schuster, Lehrling des Zunftmeisters Eisenpeck, rempelte Caspar Brandtner, seines Zeichens Lehrling im Hofbräuhaus, derartig heftig in die Seite, dass er in die allergrößte Lacke fiel. Einen kurzen Augenblick verharrte dieser in seiner misslichen Situation, sein allerbestes Sonntagsgewand anblickend, welches nun klebrig nass und verdreckt war, sprang urplötzlich wieder auf und donnerte dem Peter seine Faust ins Gesicht, worauf dieser drei Zähne ausspuckte.

Dieser bedauerliche Vorfall löste ein Kette von Gewalttätigkeiten aus, die später als „die Schlammschlacht am Wenzelstag“ in die Geschichte der Stadt eingehen sollte. Drohrufe wurden laut und in Minutenschnelle verwandelte sich der Platz vor der Kirche in ein Schlachtfeld. Laut aufschreiend stürzten sich die Kontrahenten aufeinander, schlugen und traten wild um sich, wälzten sich in Schlamm und Dreck und prügelten aufeinander ein, das staunende Publikum zu Anfeuerungsrufen provozierend. So manch einer der Hartgesottenen in der Menge fühlte sich herausgefordert und warf sich, Brauer oder nicht, ebenfalls in die Schlacht. Die Schar der Gaffer war außer sich vor Freude, endlich war wieder etwas los in Weitra. Etwas, von dem man noch Jahre danach seinen Kindern und Enkelkindern berichten konnte. Eine anständige Prügelei, ein Skandal, der die gesetzmäßige Gleichmäßigkeit der Stadt auf wohltuende Art und Weise unterbrach.

Bürgermeister Fleischhackher, Zunftmeister Eisenpeck und einige Ratsherren bemühten sich mit allen Kräften, die raufende Schar zu zerstreuen und die Prügelei zu beenden. Im selben Moment startete Fahnenträger Sailler seine entscheidende Schlussattacke gegen Andre Preuer, dem ersten Gesellen des herrschaftlichen Brauhauses und rammte ihm die Fahnenstange zwischen die Beine, sodass dieser vor Schmerz zusammenbrach. Erst als er reglos am Boden lag, beendeten die Kämpfer ihre Prügelei, bildeten rasch einen Kreis rund um den sich vor Schmerzen krümmenden Gesellen. Bader Sebastian Pöck aus der Vorstadt, der sich unter den Zuschauern befand, eilte rasch herbei, kniete sich neben den unglücklichen Preuer nieder und klopfte ihn ab.

„Er ist außer Bewusstsein, die Schmerzwelle hat ihn zu Boden gestreckt, aber er wird bald wieder aufwachen. Ist es doch die aller empfindlichste Stelle, an der man einen Mann treffen kann. Wahrscheinlich wird er ein paar Tage nur unter allergrößten Schmerzen schiffen können und seine Frau wird wochenlang keine Freude mehr im Bett mit ihm haben, doch das legt sich wieder!"

Stadtschreiber Zwickhennagl, Schwager des Schwerverletzten, tätschelte Preuer die Wange und zog ihn auf. Dieser krümmte sich vor Schmerzen, war unfähig zu gehen. Also holte man einen Handwagen, bettete ihn sanft darauf und fuhr ihn nach Hause. Seine Frau hielt ihm die Hand und weinte so herzerweichend, dass ihr mächtiger Busen hin und her wogte wie die Meeresbrandung in schwerem Sturm.

Nach und nach zerstreute sich die Menge. Zurück am Schauplatz dieses denkwürdigen Kampfes blieben drei ausgeschlagene Zähne, eine zerbrochene Brille, zwei kaputte Gehstöcke und eine Handvoll abgerissener Knöpfe. Nun aber waren die heilkundigen Mütter und Ehefrauen der lustvollen Streiter gefragt, um all die veilchenblauen Augen, verstauchten Handgelenke und Rissquetschwunden ihrer Söhne und Ehemänner mit Arnika, Beinwell und Ringelblumensalbe zu behandeln. Bürgermeister Fleischhackher, die Ratsherrn Grienpöckh, Khirschner und Khalcher, sowie Stadtrichter Rueßwurmb und Schreiber Zwickhennagl aber eilten in das Rathaus um über diesen überaus bedauerlichen Streit zu beraten.

Der Bürgermeister eröffnete das Gespräch.

„Wie ihr wisst, meine Herren, ist es doch Brauch und Sitte am Tag des Heiligen Wenzels mit den Bräuern und Melzern über den Wert von Gerste und Hopfen für das ganze Jahr zu bestimmen. Hoffentlich können wir nach dieser Rauferei die Bräuer zur Vernunft bringen! Ich habe das Gespräch für sechs Uhr abends angesetzt! Zwei Herren aus dem Inneren Rat und zwei aus den Sechsern sollen dabei sein. Vielleicht schaffen wir es, die Wogen wieder zu glätten!"

Um sechs Uhr abends versammelten sich dem alten Brauch gemäß die Abordnungen der Bräuer und der Ratsherren im Saal des Rathauses. Die Delegation des Hofbrauhauses wurde – entgegen der üblichen Art und Weise – von Engelburg, der Gattin Ladislaus II. von Prag und Windhaag, des Pfandinhabers der Herrschaft, angeführt. Angesichts der verhängnisvollen Prügelei hatte sie es sich nicht nehmen lassen, dem Gespräch beizuwohnen.

„Es ist eine große Schmach und Schande, meine Herren" fiel sie sogleich über die versammelte Schar her, „wenn man aus gekränkter Eitelkeit eine Prügelei anzettelt, wobei die Bräuer aus der Stadt wieder einmal federführend waren! Euer Lehrling, Herr Zunftmeister, hat unseren Caspar Brandtner unsanft attackiert und den Anlass gegeben! Ihr solltet eure Leute besser im Griff haben, lieber Eisenpeck!"

„Da muss ich euch widersprechen, edle Herrin, die Schuld liegt allein bei Caspar, denn er hat Peter Schuster den Sohn einer räudigen Hündin genannt! Wer hat es schon gern, wenn man seine Mutter beleidigt!"

Hanns Haider, Braumeister im Schloss, lachte hell auf.

Als der Bürgermeister von ihm wissen wollte, was es bei dieser schändlichen Angelegenheit zum Lachen gebe, ergriff dieser die Offensive.

„Wir wissen doch alle hier im Saale, welch eine schamlose Metze die Schusterin ist. Normalerweise sollte sie eigentlich das gelbe Band tragen müssen, wegen ihres leichtfertigen Lebenswandels!"

Nun wurde es ruppig. Drohrufe erfüllten den Raum, des Bürgermeisters Glocke war nicht imstande, den nun ausbrechenden Tumult zu übertönen. Schneller, als man es ihm seiner Leibesfülle wegen zutrauen konnte, war Braumeister Khnapp aufgesprungen und dem Haider an die Gurgel gegangen.

„Du hast es notwendig, über die Schusterin herzufallen, jeder hier weiß, dass du regelmäßig selbst ihre Dienste beanspruchst, du Schweinehund!"

Der Bürgermeister hatte alle Mühe, die beiden Streithanseln zu trennen. Engelburg von Prag und Windhaag,, die Schlossherrin, eine wahrhaft schöne Frau in der Blüte des Lebens, die sich ihrer besonderen Ausstrahlung bewusst war, erhob sich langsam von ihrem Sitz.

„Sind euch denn Sitte und Anstand fremd, meine Herren? Wisst ihr denn nicht, wie man sich in Gegenwart einer Dame zu benehmen hat? Nehmt doch nicht so hässliche Worte in den Mund, seid euch eures Standes gewiss und hadert nicht um Kleinigkeiten! Ist es denn nicht egal, wer zuerst in die Kirche einzieht und in welcher Bank man sitzt! Ihr solltet euch schämen, allemal! Lasst uns jetzt zum Thema des heutigen Abends kommen, zu der Festsetzung der Preise für das kommende Jahr!"

Damit war der Bann gebrochen, die zuvor noch hochgradig erhitzten Gemüter kühlten sich in Sekundenschnelle wieder ab. Braumeister und Ratsherren einigten sich rasch und nach einer Stunde fand die Versammlung ein Ende. Wie es üblich war, verließ der Bürgermeister als Letzter das Rathaus, fischte den großen Schlüssel aus seiner Tasche und sperrte zu. Er bewohnte ein großes Haus in der Oberen Zeile und war kein Fleischhackher, wie sein Name vermuten ließ, sondern ein Tischler. In seiner Werkstätte im Hof beschäftigte er zwei Gesellen und einen Lehrling. Von seinem Balkon, südseitig an den ersten Stock angebaut, hatte er ständig die Burg hoch oben im Auge. Seiner Frau war sie ein großes Ärgernis, da sie in der Mittagszeit einen riesenhaften Schatten auf ihren Hausgarten warf. Für ihn wurde der Anblick der Burg zur Marotte. Denn immer, wenn die Gemeinde Probleme mit der Herrschaft hatte, ging er auf den Balkon hinaus und reckte seine Faust drohend der Burg entgegen. Doch dem alten Gemäuer war dies egal, hatte es doch im Laufe der Jahrhunderte ganz andere Bedrohungen erlebt.

-2-

Könnte es sein, dass der spitzzüngige römische Satiredichter Juvenal bereits fünfzehnhundert Jahre zuvor geahnt hatte, dass es im Städtchen Weitra einmal eine Prügelei zwischen Mitgliedern der Brauzunft geben würde, auf das sein berühmtes Zitat „Difficile est satiram non scribere – Es ist schwierig keine Satire zu schreiben" genau zutreffen würde? Oder war es seiner profunden Menschenkenntnis geschuldet, alle Höhen und Tiefen der menschlichen Psyche auszuloten und dadurch die Steuerbarkeit des Vernunftwesens Mensch in Frage zu stellen?

Denn diese Prügelei, die nicht einmal eine Viertelstunde gedauert hatte, setzte Ereignisse von unerwartetem Ausmaß in Gang. Die kleine Stadt, eine Oase beschaulicher Träume hinter schützenden Mauern inmitten einer unruhigen Welt, vergaß ihre traditionelle Weisheit und versank im Chaos. Der ganze Ort war plötzlich, quasi ausgelöst durch einen Faustschlag, von Klatsch, Drohungen, Streit, Verschwörungen und Skandalen erfüllt. In keinem altgriechischen Drama finden sich so viele Unwahrscheinlichkeiten wie im Leben dieser Kleinstadt, deren triviale kleinbürgerliche Ethik von einer Minute auf die andere in sich zusammenbrach und das Schlechteste in der kürzestmöglichen Zeit hervorbrachte.

All die Glücklichen, die Augenzeugen der Schlacht im Schlamm des Kirchenplatzes waren, verbreiteten selig berauscht die Kunde unter den Zukurzgekommenen, welche, aus welchen Gründen auch immer, der würdigen Messfeier der Brauzunft ferngeblieben waren und dadurch ein Schauspiel ersten Ranges versäumt hatten. Je weiter die freudige Kunde vordrang, desto drastischer wurden die Ereignisse geschildert. Die Anzahl der Verletzten stieg von Stunde zu Stunde. In den Schankhäusern, den Läden und Werkstätten der Kaufleute und Handwerker ging die Kunde über die Prügelei von Mund zu Mund. Endlich gab es wieder etwas zu reden und die Stadt wurde zu einem einzigen, großen Nachrichtenblatt.

In der Taverne am unteren Ortsplatz trafen sich die Arbeiter und Kleinhäusler, aber auch die Inleute, die nicht als Bürger galten. So mancher stellte Vermutungen über den geheimnisvollen Geldschatz der Bräuer an, welcher sich in einem Geheimfach ihrer Zunfttruhe befinden sollte. Unzufrieden beschwerten sich einige lautstark, dass ein Braugeselle ein paar Kreuzer mehr verdiente als ein ehrlicher, rechtschaffener Arbeiter.

Im Städtischen Brauhaus jedoch, einem stattlichen Gebäude am Oberen Platz, herrschten andere Themen. Dort erschöpfte man sich zum wiederholten Male in einer aufwühlenden Diskussion über die Einschränkungen, welche die Stadt durch die Herrschaft erleiden musste. Bereits 1528 hatte sich die Bürgerschaft bei der Regierung beklagt, dass innerhalb einer Meile um die Stadt viel Wein ausgeschenkt, Bier gebraut, Herberge gegeben und Handwerk getrieben werde. Außerdem führte man Beschwerde, dass die kapitalistischen Pfandinhaber der Herrschaft seit jeher den Handel ihrer Untertanen auf dem Lande gegen die städtischen Interessen schützten und im ländlichen Raum um die Stadt das Gewerbewesen förderten.

Ein Jahr später kam es deshalb zu einer offenen Empörung der Bürgerschaft gegen die Brüder Hans Lasla und Andre von Prag, die für die Stadt schlecht ausging. Infolge dessen wurde Weitra am 29. April 1539 vom Regiment der niederösterreichischen Lande mit dem Entzug der Freiheiten und Privilegien nebst Verhängung einer Geldbuße bestraft. Noch im August wurden aber im Gnadenweg der Stadt die Freiheiten wieder zugesprochen. Doch im September mussten Richter und Ratsgeschworene geloben, keine Gemeindeversammlung ohne das Wissen der Pfandherrschaft abzuhalten. Die Abhängigkeit der Stadt gegenüber der Herrschaft war dadurch wieder ein Stück größer geworden.

Die Debatten, Diskussionen und Streitgespräche zogen sich täglich bis in den späten Abend im ewigen Für und

Wider, Pro und Kontra der verschiedenen Meinungen hin, und so geschah es, dass da und dort noch böse Worte fielen und es mancherorts auch zu Handgreiflichkeiten kam. Keiner wollte nachgeben, jeder wollte Recht haben.

***

Aber zurück zu unserem Geschehen: Das wahre Ausmaß der Tragödie eröffnete sich erst den Waschweibern und Hausfrauen, als sie am nächsten Tag am Waschhausteich in der Oberbrühl bei ihrer Arbeit zusammentrafen.

Agnes Preuer stand im Mittelpunkt und genoss den Sonderstatus, den sie eigentlich ihrem Mann verdankte, weil dessen Gemächt so schweren Schaden genommen hatte. Ihre ehemaligen Kolleginnen, allesamt großbrüstig und mit einem Arsch wie ein Brauereipferd, drängten sich um sie, wollten Einzelheiten über den Grad seiner Verletzung erfahren.

„Wie geht es deinem Andre, dem Ärmsten? Ist es wahr, was man sich von seinem Sack erzählt? Dass er ganz blau ist und ordentlich hinunterhängt?"

„Ach ich kann euch sagen, es ist nicht anzuschauen! Ganz violett ist alles und geschwollen bis zum Gehtnichtmehr!" Sie formte mit ihren Händen die Größe eines Hühnereies.

„Um Gotteswillen, so groß sind sie, dass muss ja schrecklich sein für den Ärmsten" ereiferte sich Sibylle Saumweber, die als willfährige Nachbarin bereits in etlichen Stunden die Vorzüge von Andre Preuers ortsbekannter Mächtigkeit genossen hatte, was wiederum die Agnes nicht wusste.

Nun musste auch noch Anna Silberpauer, die älteste der Wäscherinnen ihren Senf dazu beitragen. Nicht, dass sie sich wirklich um die Gesundheit Andre Preuers interessierte. Aber sie wollte vor der versammelten Schar klar beweisen, wie sehr sie sich wirklich für ihn interessierte - wirklich interessierte sie sich natürlich nur für den Eindruck ihrer Person.

„Kann er wenigstens schon wieder pissen, der Ärmste?"

„Nur unter großen Schmerzen" erwiderte Agnes, „doch das ist derzeit unser kleinstes Problem. Aber er hat große Angst, dass seine Potenz Schaden erlitten hat! Er war doch immer so stolz darauf, dass er mindestens dreimal hintereinander konnte! Das wäre ein schwerer Schicksalsschlag für ihn, wenn sich da etwas ändern würde! Und für mich natürlich auch!"

Nun ging ein Raunen durch die Menge. So mancher Unbefriedigten entrang sich ein Seufzer, der ihrer Unterleibsregion geschuldet war, insbesondere wenn sie schon lange die Freuden der Lust entbehren musste. Im Gesicht von Sibylle breitete sich ein sichtlich unverschämtes, um nicht zu sagen schmutziges Grinsen aus, da ihr Andres sagenhafte Potenz ja hinlänglich bekannt war. Ihr nunmehr veränderter Gesichtsausdruck gefiel wiederum der Agnes nicht. Denn seit geraumer Zeit plagte sie der Argwohn, dass sie vielleicht doch nicht die Einzige war, welche die Vorzüge des Lustspenders ihres Mannes genoss.

„Grins nicht so blöd" fuhr sie Sibylle an, „es ist eben so wie es ist und basta!" Hastig ergriff sie ihr Waschbrett und den Korb mit der Schmutzwäsche und eilte ins Waschhaus.

Die anderen Waschweiber folgten ihr und fünf Minuten später knieten sie alle am Steg und bearbeiteten mit Reibbürste, Waschsand und reichlich Wasser die Schmutzwäsche, die sie ja, symbolisch ausgesprochen, kurz zuvor noch auf Kosten von Andre Preuer und seinem jungen Weibe gewaschen hatten. Nach getaner Arbeit würden sie die Wäsche auf der Bleichwiese zum Trocknen auflegen.

Man musste wahrlich kein Prophet sein, um zu ahnen, dass sich der Grad der Verletzung des bedauernswerten Braugesellen mit geradezu affenartiger Geschwindigkeit durch das Städtchen verbreitete. Unter den Männern wuchs das erhabene Gefühl, endlich einen potenten Rivalen weniger zu haben. Die Frauen wiederum zeigten sich beeindruckt von der nunmehrigen Größe des betroffenen Körperteils, welcher auf wundersame Art und Weise von Gespräch zu Gespräch immer monumentaler wurde und bald zur Größe eines kleinen Erdäpfelsackes mutierte.

Der arme Andre lag unterdessen auf seinem Bett und litt weiterhin entsetzliche Qualen. Jede Bewegung tat im weh. In den klaren Momenten, wenn der Schmerz wohltuend etwas nachließ, geisterten Rachegedanken durch sein Gehirn. In schaurigen Bildern malte er sich aus, wie er es dem Vinzenz Sailler heimzahlen wollte, wenn er wieder auf dem Damm war. So grässlich diese Bilder in seiner Gedankenwelt auch sein mochten, so wurden sie bei weitem überlagert von seinen Befürchtungen um seine vielgepriesene Potenz. Der pochende Schmerz zwischen seinen Beinen ließ Böses ahnen. Würde er seine Frau jemals wieder befriedigen können? Ihre Unausgeglichenheit, wenn sie nicht regelmäßig das bekam, was ihr rechtmäßig zustand, konnte furchtbar sein, dann war sie launisch und ließ ihn ihren Missmut spüren. Außerdem gab es ja noch andere Frauen, denen er seine Gunst schenkte, Sibylle war nur eine davon.

Nach einigen Jahren Ehe kannte er seine Frau in- und auswendig und es war ihm klar, dass sie den Waschweibern im Waschhaus genau über den Grad seiner Verletzungen berichten würde. Trotz seines Zustandes musste er bei den Gedanken daran laut auflachen. Aus Erfahrung wusste er, dass sich die Kunde über seine geschwollenen, bunt verfärbten Extremitäten in Sekundenschnelle durch die Stadt und darüber hinaus ausbreiten würde. Die Gerüchteküche war angeheizt worden, und es liegt in der Natur der Sache, dass die lieben, gut meinenden Mitmenschen nicht nur mit Mitleid, sondern auch mit einem gehörigen Maß an Schadenfreude und Spott darauf reagieren würden.

Zwei Tage nach der Prügelei kamen die Bräuer der Stadt im Gasthaus „Zu den drei Hacken“ zusammen. Zunftmeister Hanns Eisenpeck ergriff das Wort.

„Wir müssen etwas unternehmen, meine Freunde, es kann so nicht weitergehen. Die Leute von der Herrschaft scheren sich keinen Deut um die Rechte der Bannmeile und respektieren die Ordnung der Brauzeche nicht. Immer wieder wird es an mich herangetragen, dass sie ihren Arbeitern und Geschäftspartnern bei Strafe verbieten, anderes Bier als das des Hofbrauhauses zu trinken. Das können und dürfen wir nicht dulden. Aber um erfolgreich zu sein, müssen wir Bräuer in der Stadt zusammenhalten. Wir dürfen denen da oben keinen Anlass geben, gegen uns vorzugehen. Denkt dabei an die Zunftordnung von 1531, besonders an Punkt acht, wo es da heißt: „Kein Melzer oder Brauer soll bei Strafe des Zechbuches die Geschäfte des anderen stören oder einem anderen seine Wirte abwerben."

„Wenn wir uns selbst nicht daran halten, wie können wir es dann von den herrschaftlichen Bräuern verlangen? Konkurrenzdenken können und dürfen wir uns nicht erlauben, um nicht selbst einen Angriffspunkt für die anderen zu bieten. Also lasst diese Geplänkel untereinander, es führt zu nichts! Seid vorsichtig, geht jeder Streiterei aus dem Weg, denn die werden sich rächen wollen. Die Kunde von der Prügelei hat sich flächenbrandmäßig in der Stadt verbreitet und nicht alle Bürger sind auf unserer Seite. Es gibt genug, die mit der Herrschaft verbandelt sind und uns die Schuld an der Keilerei geben! Diesen Freitag tagen der Innere und der Äußere Rat und ich werde Beschwerde führen gegen die Herrschaft! Es ist nun meine Aufgabe, dem Bürgermeister und den Ratsherren Kunde zu geben, dass wir uns von der Herrschaft ungerecht behandelt fühlen! Die Stadtgemeinde muss unsere Partei ergreifen und beim Landesherrn vorstellig werden. Denn wenn jetzt nichts geschieht, dann wird es auf ewige Zeiten so weitergehen! Es ist wahrlich ein Hohn, dass sich der Freiherr nicht an die Zunftordnung hält, welche er doch selbst 1531 mit Brief und Siegel bestätigt hat!

Also reißt euch zusammen, wir können uns derzeit keine weiteren Rivalitäten gestatten! Braumeister Haider vom Hofbrauhaus verherrlicht den Andre Preuer nun als Märtyrer und bezichtigt uns Bräuer von der Stadt als verschwörerisches Lumpenpack. Dem seine grün und blau geschwollenen Gogerln können für uns zu einem Problem im Kampf um unsere Rechte werden!"

-3-

Hans Eisenpeck, der umsichtige Zunftmeister der Brauer, gehörte dem Äußeren Rat an, gemeinhin auch „Sechser" genannt. Diese sechs Personen waren zumeist keine wohlhabenden Bürger, konnten aber möglicherweise in späteren Jahren in den Inneren Rat aufrücken. Der Innere Rat setzte sich aus elf Mitgliedern zusammen, den sogenannten Ratsfreunden. Diese bestimmten in erster Linie die Geschicke der Stadt. Die diesem Gremium angehörenden Bürger zählten zur städtischen Oberschicht und wurden als „ehrsam, edel und weise" bezeichnet. Die Ratssitzungen fanden in unregelmäßigen Abständen statt, und es konnte durchaus vorkommen, dass man monatlich zwei- bis dreimal zusammentraf. Alle Ratsmitglieder übten ihr Mandat ohne Bezahlung aus. Durch die Ausübung ihrer Funktion konnten sie aber verständlicherweise auch ihre eigenen Interessen besser wahrnehmen. Doch in Wahrheit waren es nur drei Personen, die die Fäden in der Hand hielten, nämlich Bürgermeister Fleischhackher, Stadtrichter Rueßwurmb und eben Hans Eisenpeck. Sie waren sozusagen die „graue Eminenz", klug genug, um die Verhandlungen in die richtige Richtung zu lenken. Die drei kannten sich von Kindheit an und waren eine verschworene Gemeinschaft. Mindestens dreimal in der Woche trafen sie privat zusammen und diskutierten über die Belange der Stadt. Schlau, wie sie waren, bereiteten sie alle Tagesordnungspunkte der bevorstehenden Ratssitzung so vor, dass den anderen Ratsmitgliedern nichts übrig blieb, als wohl oder übel zuzustimmen. Bereits einen Tag nach der Versammlung der Brauzunft kamen sie im Haus des Bürgermeisters zusammen, wo sie hinter verschlossenen Türen über die Spannungen zwischen Herrschaft und Stadt debattierten und neue Richtlinien ausheckten. Probleme waren eben da, um gelöst zu werden, und das Leben ging weiter, so oder so.

Der Herbst zeigte sich in seinen schönsten Farben. Die Bauern waren dabei, die Felder auf den Winter vorzubereiten. Bei Roggen, Hafer, Hirse und Gerste war die Ernte gut gewesen, da und dort galt es noch, die Rüben aus der Erde zu holen. Die Frauen waren an den Feldrainen unterwegs, um Hagebutten und Schlehen zu sammeln. Äpfel, Birnen und Zwetschgen wurden im Backofen gedörrt, in einem luftigen Behälter im Dachboden gelagert und so für den

Winter haltbar gemacht. Früchten reduzierte man durch fortgesetztes Kochen ihren Wassergehalt, sodass nur mehr eine zähflüssige Substanz über blieb, welche man mit Honig und Gewürzen versetzt in der Luft trocknete und sodann in Scheiben schnitt. Dieses so genannte Latwerg war eine köstliche Delikatesse, der mancherorts auch medizinische Kräfte zugesprochen wurden. Winteräpfel wurden im Keller auf Stroh gebettet, Karotten und Rüben in trockenen Sand gelegt, Äpfel und Birnen zu Most vergoren oder zu Dicksaft gepresst.

Reichere Haushalte werteten ihren Speiseplan mit gesalzenen Heringen auf. Stadtrichter Rueßwurmb, aus einer wohlhabenden Familie stammend, hatte immer ein Fässchen dieser teuren Delikatesse in seinem Keller lagern. Ein befreundeter Kaufmann aus Krems belieferte ihn zweimal im Jahr damit. Zwei Monate war diese seltene Köstlichkeit unterwegs, bis sie in Weitra ankam. Mit dem Fuhrwerk von Hamburg bis Regensburg, von dort mit dem Schiff die Donau hinunter bis Krems, von dort wiederum hinauf bis ins westliche Waldviertel. Der Richter vermutete, dass der Transport wahrscheinlich weit mehr kostete als die Heringe selbst, doch es war der einzige Luxus, den er sich leistete.

Bürgermeister Fleischhackher, Feinschmecker durch und durch, hatte andere Gelüste. Er war ein Zeidler, wie die Imker früher genannt wurden. In seinem Garten draußen vor der Stadt, am Rande des großen Herrschaftswaldes, standen dreißig Bienenkörbe, und er war stolz auf seinen außerordentlich wohlschmeckenden Waldhonig, den er seinen Freunden gönnerhaft als Geburtstagsgeschenk vermachte. Darüber hinaus produzierte er alljährlich köstlichen Met und einen süßlich-klebrigen Honiglikör, den er „Bärenfang“ nannte. Eine Schar handverlesener Freunde, die er dann und wann in sein Kellerstübchen einlud, hatten davon schon so manchen Rausch mit nach Hause gebracht.

***

Wolffgang Grienpöckh wiederum, war nicht nur mit seiner Eisenhandlung, sondern auch mit seiner Karpfenzucht erfolgreich. Sein Teich Richtung Spital wurde alle zwei Jahre Ende Oktober abgefischt und lieferte ausgezeichnete Qualität. Seine Karpfen waren die allerbesten weit und breit und brachten ihm regelmäßig eine hohe Rendite ein.

So hatte jeder in Weitra eigene Ansprüche an sein leibliches Wohl. Die Fülle des Sommers lieferte Gemüse und Kräuter, welche für den Winter konserviert wurden. Auch war es üblich, kleine Stücke von Fisch und Fleisch in Gelee einzulegen, welches man aus dem Absud von Kalbs- oder Schweinefüßen gewann. Schweinefleisch wurde gepökelt und geräuchert, Schmalz in tönernen Töpfen für einen langen Winter gelagert. In manchen Haushalten wurde auch rohes Fleisch in eine Beize von Petersilie, Salbei, Pfeffer und Bilsenkraut eingelegt, welches bis zum Sommer haltbar war. Alle Teile eines geschlachteten Tieres wurden verwendet, also nicht nur das Fleisch, sondern auch der Kopf, das Blut und die Innereien. Häute und Felle wurden verkauft oder selbst zu Kleidung und Ähnlichem verarbeitet. Alles, was genießbar war, wurde verwertet, etwas leichtfertig zu verschwenden konnte sich keiner leisten.

In den Hinterhöfen hielt man nicht nur Schweine, Ziegen und Kühe, sondern auch Kaninchen und Hühner. Auf dem Stadtteich war es den Bürgern gestattet, mit hölzernen Stecken jeweils zehn Quadratmeter große „Wasserfelder“ abzustecken, in denen sie ein paar Gänse und Enten unterbrachten. Hin und wieder standen auch Kleintiere wie Eichhörnchen, Igel, Siebenschläfer und Biber auf dem Speiseplan, außerdem war es damals erlaubt, Jagd auf Stare, Sperlinge und Schwalben zu machen. Die Bäche waren reich an Fischen und Krebsen und in den Herrschaftsteichen züchtete man Karpfen. Ziegen und Kühe lieferten frische Milch, die man zu Butter und Käse verarbeitete. Bei den Kleinhäuslern und einfachen Leuten gab es Fleischspeisen meist nur an Sonn- und Feiertagen, unter der Woche begnügte man sich in der Regel mit Haferbrei, Grütze, grobem Brot, gekochten Bohnen und einer Vielzahl an kräftigen Suppen wie Krautsuppe, Hühnerbrühe, saure Milchsuppe, Rübensuppe und Biersuppe.

Alle genießbaren Schätze, welche die Natur hervorbrachte, wurden gesammelt und verwertet. Der Weißkohl wurde geschnitten, eingesäuert und im Steinbottich eingelegt, um gesundes Sauerkraut zu bekommen, Erbsen, Bohnen, Linsen und Zwiebeln in Gläsern konserviert. Der Stolz der Hausfrauen waren gut gefüllte Speisekammern und Keller. Die Kinder waren unterwegs, um Kastanien und Eicheln zu sammeln, welche man dem Schweinefutter beimengte. Alle Hände wurden benötigt, um die Versorgung für die kalte Jahreszeit zu sichern. Kinder und Frauen waren in den Wäldern rund um die Stadt auf der Suche nach Pilzen, Heidelbeeren, Himbeeren und Brombeeren gewesen. Kundige Frauen sammelten Kräuter, Wurzeln und Blätter, woraus man Salben, Tinkturen oder Heiltees zubereitete. In den kleinen Hausgärten pflanzte man nicht nur Gemüse, sondern auch herkömmliche Würzpflanzen wie Minze, Salbei, Raute, Anis, Zwiebel, Knoblauch, Petersilie, Fenchel, Dill, Kümmel, Liebstöckel, Brunnenkresse, Senf, Kren und Sellerie an. Zum Süßen verwendete man Honig von Bienenstöcken im Garten oder in den Wäldern vor der Stadt. Zucker war teuer und auch der Wein kam nur in den gut situierten Bürgerhäusern auf den Tisch. Das Volksgetränk war das Bier und da es gesiedet wurde, war es meist viel gesünder als das manchmal arg verschmutzte Brunnenwasser.

Das Leben der einfachen Leuten war hart zu jener Zeit, besonders in der kalten Winterzeit. Wehe dem, der da nicht in den üppigen Sommermonaten vorgesorgt hatte! Nicht nur für Nahrungsmittel war zu sorgen, sondern auch für Heizmaterial. Ganze Scharen von Frauen, Kindern und Jugendlichen durchkämmten die Wälder, um Klaubholz, Zapfen und Bockerln zu sammeln. Die Männer zogen mit Leiterwagen in den Freiwald, um Brennholz zu machen, um es dann an der Hofmauer zur Trocknung aufzuschichten. Der Verbrauch an Brennholz war allerdings enorm und so gab es auch da hin und wieder Probleme mit der Herrschaft, welche das alte Herkommen des Freiwaldes nicht akzeptieren wollten.

Man lebte im Einklang mit der Natur im Wechselspiel der Jahreszeiten. Die Stadtbauern bestellten ihre Felder rings um die Stadt, hielten das Vieh auf der Weide und besserten die Haushaltskasse im Winter mit der Herstellung von

Dachschindeln, Besen und Körben auf. Die Hauptlast der Arbeit lag aber bei den Frauen. Mit dem Haushalt, der Kindererziehung, der Gartenpflege und dem Wäschewaschen gab es genug zu tun, vom frühen Morgen an bis zum Untergang der Sonne.

Gerechtigkeitshalber muss hier gesagt werden, dass sich die Stadt im 16. Jahrhunderts in einem wirtschaftlichen Aufschwung befand. Die Bautätigkeit dieser Zeit war enorm, es gab Arbeit für jeden in der Stadt. Bereits 1526 wurde das Obere Stadttor neu errichtet, wo wohl an die zwanzig Maurer, Zimmerleute und Steinmetze beteiligt waren, aber auch einige Bauern Robot leisten mussten. Vierzehn Wochen lang wurde unter der Aufsicht von Meister Thomann das große Bauwerk errichtet. Die Abrechnung über all diese Leistungen mussten der damaligen Pfandherrin Anna von Prag vorgelegt werden.

Handwerker und Kaufleute wurden zunehmend wohlhabend, was sich in der Bautätigkeit zeigte. Die Auftragsbücher des Baumeisters Andre Khalcher waren voll und garantierten dreißig Maurern, Zimmerleuten und Tagelöhnern Lohn und Brot. Parzellen wurden zusammengelegt, ehemalige Brandstätten wieder aufgebaut und neue Bauten errichtet. Die Fassaden der Häuser wurden kunstvoll gestaltet, ja in Glücksfällen sogar mit prächtigen Sgraffiti versehen. Diese spiegelten nicht nur die Seele des Hauses, sondern auch den materiellen Wohlstand ihrer Besitzer wieder. Die Ausstattung der Wohnungen wurde üppiger, statt Truhen schaffte man Kästen an, in welchen man die erheblich größer gewordene Anzahl der Kleider aufbewahrte. Einrichtungsgegenstände mussten nicht nur zweckmäßig, sondern auch schön gestaltet sein. Die in der Gotik üblichen kurzen Betten, in welchen man sitzend schlief, wurden nun länger und bequemer gemacht. Die Ausstattung von Küchen und Speisezimmer in den Bürgerhäusern nahm wesentlich an Qualität zu. An Stelle der Holzteller traten nun die Zinnteller, die Schwarzkeramik wurde immer mehr von der Majolika-Keramik ersetzt, und edles Glas fand für den festlichen Tisch immer öfter Verwendung. Das Bürgertum befand sich in einer Hochblüte, und man zeigte seinen Wohlstand nach außen, indem man sich an Festtagen prächtig kleidete. Die Prachtentfaltung in der Kleidung durch leuchtende Farben und auffallende Formen, pelzverbrämte Kleider und Mäntel aus Samt und Seide, bestickte Blusen und die Verwendung kostbarer Leinwand trug zur Aufrechterhaltung des Standesunterschiedes bei. Man zeigte, was man hatte. Die Damen trugen edlen Schmuck wie goldene Ketten, Armbänder und aus Perlen bestehende Hutschnüre auf der Kopfbedeckung.

Die Gesellschaft war dabei, sich massiv zu verändern. Die Reformation hatte auch vor dem Waldviertel nicht Halt gemacht. Bei den Katholiken herrschte Unzufriedenheit, teils aufgrund vorhandener Strukturen der Amtskirche, teils wegen des ungebührlichen Verhaltens der kirchlichen Amtsträger. Die Rufe nach einer Reform waren bereits vor hundert Jahren erfolgt, ohne jedoch auf Gegenliebe zu stoßen. Besonders die Ablassgewährung durch Geldleistungen gab den Zündstoff, welche die neue Bewegung auslöste. Ein hohes Maß an Antiklerikalismus machte sich breit, und viele Gläubige verließen die katholische Kirche aus Protest und wurden eben Protestanten. Immer wieder zogen protestantische Prediger durch die Stadt und fanden regen Zulauf.

Bauern und Handwerker hielten sich in ihrer Anzahl vermutlich das Gleichgewicht. Gegenüber der bäuerlichen Bevölkerung außerhalb der Städte waren die Stadtleute rechtlich durchaus besser gestellt. Dazu zählte nicht nur die von ihnen selbst zu wählende Verwaltung, sondern auch die Gerichtsrechte, über die die Vertreter der Stadt argwöhnisch wachten, betraf aber auch die vorgenannten Privilegien zur Lagerung und zum Verkauf von Waren. Dadurch nötigte man die Bewohner der umliegenden Dörfer in die Stadt zu kommen, da sie nur dort bestimmte Angelegenheiten erledigen konnten. Außerdem mussten die Dörfler, die innerhalb der Bannmeile hausten, ihre Produkte gemäß des Anfeilzwanges zuallererst in der Stadt anbieten.

***

Die Bürger von Weitra waren wiederum sogenannte Ackerbürger, die neben ihrem Handwerk und Gewerbe eine kleine Landwirtschaft zur Eigenversorgung betrieben. Die Chronik berichtet uns von der Vielzahl an Gewerben und Handwerk im Spätmittelalter und darüber hinaus. In jener Zeit wurden in der Stadt Weitra folgende Berufe genannt: Arzt, Bäcker, Bader, Binder, Brauer, Drechsler, Fleischhacker, Glockengießer, Hafner, Hackenschmied, Handschuhmacher, Huterer, Krämer, Kürschner, Lederer, Leinwander, Melzer, Mäntler, Maurer, Messerer, Nadler, Pfeilschmied, Schlosser, Schmied, Schneider, Schreiber, Schuster, Schwertfeger, Sohlschneider, Steinmetz, Wagner und Zimmermann. Wohl ein Fünftel der Bevölkerung stellten die „Inleute“. Diese waren in der Regel Dienstboten, Lehrlinge und Gesellen, welche nicht als Bürger galten, keinen Grundbesitz hatten und auch keine öffentlichen Ämter besetzen konnten.

Die Handwerkszünfte spielten im 16. Jahrhundert eine große Rolle. Die bedeutendste von allen war wohl die der Bierbrauer, was allein schon dadurch unterstrichen wird, dass ihre Zunftordnung von 1531 die älteste in Weitra ist. Lasla von Prag und Windhaag, sowie Richter, Rat und Gemeinde bestätigten diese Ordnung. In dieser wurde unter anderem die Voraussetzung für den Betrieb des Handwerks, die Aufnahme der Lehrjungen, die Dauer der Lehrzeit und die Erlangung der Meisterwürde geregelt. Über die Jahrhunderte hinweg kam es immer wieder zu Streitigkeiten zwischen der herrschaftlichen und der städtischen Brauerei.

Innungsmeister Hanns Eisenpeck, Brauer und Betreiber des Schankhauses an der Ecke vom Rathausplatz zur Oberen Landstraße, war ein besonnener Mann. Er war Brauer mit Leib und Seele, stets auf die absolute Qualität seines Bieres bedacht. Sein Schankhaus war weit und breit bekannt, bot den Gästen nicht nur Speis und Trank, sondern auch Unterkunft. Im großen Saal im ersten Stock fanden Bälle statt und dann und wann gastierte auch eine Theatergruppe dort. Hinter dem Hof befand sich ein großer Pferdestall, in dem die Gäste die Kutschpferde einstellen konnten. Seine Frau hatte die Küche und die Schankstube unter sich, außerdem gab es noch eine Schankmagd, ein Dienstmädchen und einen Stallknecht. In der Brauerei jedoch war er in seinem Element, und er experimentierte immer wieder mit neuen Geschmacksrichtungen. Sein Geselle Koppensteiner war zwei Jahren zuvor gestorben, nach seinem Tod erst hatte er Peter Schuster als Lehrling eingestellt. Nach der Prügelei hatte er ihn sich zur Brust genommen und gescholten, weil er dazu Anlass gegeben hatte.

Eisenpeck war stolz darauf, Zunftmeister der edlen Brauzunft zu sein und Streitigkeiten lagen ihm nicht. Ihm war immer daran gelegen, die Kameradschaft unter den Zunftbrüdern zu fördern und die Prügelei am Wenzelstag lag ihm schwer im Magen, solche Gewalttätigkeiten waren ihm fremd. Er war voll der Sorge, was da noch auf ihn zukommen würde!

-4-

Am 10. Oktober 1549, um fünf Uhr in der Frühe wurde der ehrenwerte Bürger Wolfgang Grienpöckh, Eisenhändler und Bierbrauer, einer der reichsten Männer der Stadt, durch laute Schläge auf sein Tor aufgeweckt. Noch im Nachthemd riss er das Fenster zum Platz auf, um den Verursacher dieser Störung zu stellen. Doch es war niemand zu sehen. Erst im zweiten Moment registrierte er, dass irgendetwas nicht stimmte. Am Vormittag war sein Bier fertig geworden und so hatte er den Strohstern ausgehängt - zum Zeichen, dass er ab nun ausschenken würde. Mit Schrecken stellte er fest, dass plötzlich an der Stange statt dem üblichen

Strohstern eine tote Ratte hing! Ausgerechnet eine Ratte! Was wollte der Verursacher dieser schändlichen Tat damit aussagen? Dass symbolträchtig ausgerechnet ihm, Wolfgang Grienpöckh, wohlhabend und einflussreich, die negativen Eigenschaften dieses Tieres zugesprochen wurden? Durch ihre Rolle als Vernichterin von Vorräten und bei der Übertragung von Seuchen stand doch die Ratte in Verruf, mit dem Teufel und seinen dämonischen Helfern verbunden zu sein. Er aber sah sich als gütiger Mensch, der eine Handvoll Weitraer beschäftigte und genug Geld für die Kirche, die Bruderschaft und die Armen spendete.

Drei Stunden später rannte er zornwütig in das Rathaus und beorderte den Stadtschreiber Zwickhennagl herbei, um an Ort und Stelle ein Protokoll zu diesem grauslichen Vorfall zu verfassen. Gleich darauf verständigte er Hanns Eisenpeck und Richter Leopoldt Rueßwurmb und erstattete Anzeige. Eine daraufhin angestellte Befragung von Nachbarn, ob jemand verdächtige Personen wahrgenommen hatte, brachte kein Ergebnis, alle hatten geschlafen, keiner hatte etwas bemerkt. Insgeheim jedoch machte sich Schadenfreude breit unter den lieben Zeitgenossen!

Drei Tage danach kam es neuerlich zu einem Zwischenfall, dem eine Lachorgie folgte. Auf Andre Preuers Haus bekamen die Kirchgänger zur Sonntagsmesse an der Wand eine Schmähschrift zu lesen. Ein Träubchen sonntäglich gekleideter Frauen und Männer konnte sich vor lauter Lachen gar nicht mehr einkriegen. Obwohl es gerademal zwei Zeilen waren, verletzten sie den Braugesellen tief in seiner Mannesehre.

„Der Andre Preuer, o weh, o weh,
bringt ihn nicht mehr in die Höh".

Das schlug dem Fass den Boden aus. Ein paar Minuten später tauchte Agnes mit Wasserkübel und Reibbürste auf und bemühte sich nach Kräften, die verhängnisvollen Zeilen wegzuwischen. Doch es war zu spät, die Kunde dieser entsetzlichen Tat verbreitete sich rasch durch die versammelte Menge bis vor die Kirchentore. Noch in den Kirchenbänken tuschelte man und so mancher konnte sich während der heiligen Handlung ein unverschämtes Grinsen nicht verkneifen.

Vierzehn Tage vergingen ohne weitere Zwischenfälle. Das Alltagsleben in Weitra plätscherte gleichförmig weiter, um am 24. Oktober vollends aus den Fugen zu geraten. Ein Fuhrwerk der Herrschaft war mit drei Fässern Bier und zehn Ferkeln zum Wochenmarkt nach Gmünd unterwegs. Auf der steilen Abfahrt vom Waller löste sich plötzlich ein Rad vom Wagen. Der Fuhrmann bemühte sich mit all seinem Können, das Gespann auf der Straße zu halten. Doch die Pferde scheuten und der Leiterwagen kippte über die Böschung. Eines der Fässer sprang beim Aufprall auseinander und das Bier floss in den Graben. Der Verschlag, in dem sich die Ferkel befanden, ging entzwei und die zu Tode verängstigten Schweinchen brachten sich laut quietschend in dem nahe gelegenen Wald in Sicherheit. Matthias Ponstingl, der Fuhrknecht, wurde vom Kutschbock auf die Wiese neben der Straße geschleudert. Er rappelte sich mühsam auf, um rasch nach den Pferden zu sehen. Am ganzen Leibe zitternd, ergriff er die Zügel und bemühte sich, die Pferde von dem Graben wegzubringen, wo sie bereits begonnen hatten, das ausgeronnene Bier genüsslich aufzulecken. Er koppelte sie ab, führte sie zu einem in der Wiese stehenden Ahornbaum und band sie dort fest. Nachdem er sich beruhigt hatte, untersuchte er den Schaden und stellte im Sekundenbruchteil fest, dass jemand die Achse des rechten Hinterrades eingeschnitten hatte. Es war eindeutig ein Sabotageakt, der ihm und seinen Pferden Leib und Leben kosten hätte können. In seinem Reptiliengehirn formte sich alsbald der Gedanke, dass er Opfer eines heimtückischen Anschlags des Brauerpacks aus der Stadt geworden war.

Er kletterte die Böschung hinunter und stellte die zwei heil gebliebenen Fässer sicher. Für ihn stand fest, dass dieser Unfall Gegenstand einer richterlichen Untersuchung sein würde. Irgendeiner der Brauer in der Stadt hatte verhindern wollen, dass er den Markt in Gmünd mit dem Bier des Hofbrauhauses belieferte.

Nachdem er weiter nichts mehr tun konnte, blieb er am Straßenrand sitzen und wartete auf ein Fuhrwerk oder einen Reiter, der nach Weitra unterwegs war und den Burgherrn verständigen konnte. Der Fuhrknecht war eine eindrucksvolle Erscheinung, ein stattlicher, athletischer Mann von zwei Metern Größe. Doch er hatte ein Problem. Im Widerspruch zu seiner Gestalt verfügte er nämlich über eine hochtenorale Fistelstimme, welche ihm außerordentlich zu schaffen machte. Deshalb sprach er so wenig wie möglich. Hinter vorgehaltener Hand nannten ihn die Mägde und Knechte der Burg „den schweigsamen Riesen". Wenn er sich wegen seiner Stimme gehänselt fühlte, wurde er hochexplosiv. Da er weder laut schreien, schimpfen oder fluchen konnte, ließ er einfach seine Fäuste sprechen. So mancher

Unvorsichtige hatte schon seinen Übermut mit einem blauen Auge oder einer blutigen Lippe bezahlt. Seine unberechenbaren Wutanfälle und sein gewaltiger Jähzorn waren im Lande ringsherum wohl bekannt und wenn man schlau war, legte man sich nicht mit ihn an.

Ponstingl hatte Glück im Unglück. Eine halbe Stunde später kam der Müller von der Erlachmühle im Ledertal angefahren und hielt an, als er den havarierten Leiterwagen im Graben sah. Ponstingl zeigte ihm die eingeschnittene Achse.

„Das riecht nach Sabotage, mein Freund. Da hast du ja ein Riesenglück gehabt, dass dir nichts passiert ist, das hätte schlimm ausgehen können" meinte der Müller besorgt, „da hat wohl irgendeiner seinem Unmut gegenüber der hochherrschaftlichen Familie freien Lauf gelassen! Ich werde zur Burg rauf fahren und den edlen Herrschaften von diesem Vorfall berichten!"

Eine Stunde später kam Ladislaus II. Freiherr von Prag und Windhaag, Pfandinhaber der Herrschaft, mit einem zweispännigen Wagen angefahren. Sein Vater, Ladislaus I., hatte als Geldgeber des Kaisers 1508 die Herrschaft Weitra als Pfand erhalten. Nach seinem Tode im Jahre 1514 wurden seine Güter von seiner Witwe Anna, gemeinsam mit ihren Söhnen Andreas und Hans verwaltet. Nach Annas Tod wurden die Güter der Familie auf die drei Söhne Hans, Ladislaus und Andreas aufgeteilt. Hans erhielt das Haus in Enns, Ladislaus die Herrschaft Weitra und Andreas die Herrschaft Windhaag bei Perg.

Ponstingl erkannte von weitem, dass noch drei Männer mit von der Partie waren. Erst als die Herren ausstiegen, sah er, dass der Edle Herr sinnigerweise Bürgermeister

Fleischhackher, Stadtrichter Rueßwurmb und Zunftmeister Eisenpeck zur Feststellung des Tathergangs mitgenommen hatte.

„Sehen sie doch, meine Herren, hier ist an der Achse manipuliert worden, da ist eindeutig ein Schnitt zu erkennen! Das riecht nach Sabotage eurer werten Braugenossen, Herr Zunftmeister, oder wie sehen sie dass?“

Hans Eisenpeck zuckte mit der Schulter. „Der Schnitt ist Tatsache, das lässt sich nicht leugnen! Aber warum muss das einer der Bräuer verursacht haben? Da hat doch jeder in der Burg Zugang zu dem Leiterwagen! Vielleicht wollte einer dem Ponstingl was antun? Gab es irgendeinen Vorfall in letzter Zeit unter eurem Gesinde? Hat euer aufbrausender Fuhrknecht wieder einmal seine Fäuste sprechen lassen? Vielleicht hat einer Rache genommen für eine ungerechte Behandlung!“

Ladislaus II. zu Prag und Windhaag brauste auf: „Das ist doch die Höhe, Eisenpeck, ein gar arg perfides Ablenkungsmanöver! Ihr seid verantwortlich für eure Leute und euer kleinmütiges Konkurrenzdenken! Mit all euren Beschwerden geht ihr mir auf den Nerv! Ich werde meinerseits nun Beschwerde gegen euch führen, an höchster Stelle! Ihr könnt von Glück reden, dass nicht mehr passiert ist. Genauso gut hätten die Pferde tot sein können! Und der Ponstingl auch! Außerdem muss der Schaden ersetzt werden, immerhin sind die zehn Ferkel weg und ein Fass Bier ist ausgeronnen!“

Rueßwurmb, bekannt für seine Besonnenheit, beschwichtigte. „Hoher Herr, wir werden Untersuchung führen wegen dieses bedauerlichen Anschlags. Das Gericht wird sich damit befassen! Die Gerechtigkeit wird siegen!

Nun griff auch der Bürgermeister ein. „Ich werde von meiner Seite her alles unternehmen, um die Sache aufzuklären! Doch nun sollte man danach trachten, dass der kaputte Wagen und die Pferde zurückgebracht werden! Dann werden wir weiter sehen!“

Eine Stunde passierte überhaupt nichts. Ponstingl, dem sichtlich fad war, ging in den Wald und versuchte, die Ferkel wieder einzufangen. Doch sie waren zu schnell für ihn. Immer wenn er sich auf eines werfen wollte, versteckte es sich im dichten Unterholz. Einmal fiel er in ein Sumpfloch, aus dem er vor Schmutz starrend wieder herauskroch. Wild auf die Ferkel, auf die Saboteure, ja, auf die ganze Welt im leisen Tonfall fluchend, kehrte er zu den beiden Pferden zurück und tätschelte sie zärtlich.

„Ihr seid die einzigen Gescheiten auf dieser Welt, versteht nichts von Neid und Habgier und Boshaftigkeit!“

Die beiden Braunen jedoch glotzten ihn verständnislos an. Ihnen war nicht ganz wohl, da ihnen das Bier sichtlich in den Kopf gestiegen war.

Wieder eine Stunde später kam ein Pferdefuhrwerk der Herrschaft mit zwei Knechten und dem Wagner. Gemeinsam zogen sie den Leiterwagen aus dem Graben, und der Wagner flickte die Achse notdürftig zusammen. Anschließend begab sich die gesamte Schar in den Wald, um noch das eine oder andere Ferkel zu finden. Doch die hatten sich im dichten Unterholz versteckt. Ponstingl spannte seine Rösser ein und fuhr im Schritttempo wieder nach Weitra zurück. Noch am selben Abend zitierte Ladislaus Bürgermeister Fleichhackher, Richter Rueßwurmb, Zunftmeister Eisenpeck und den Braumeister des Städtischen Brauhauses, Michael Khnapp auf die Burg.

Im Kamin des Rittersaal brannte das Feuer. Der Große Tisch stand der Länge nach im Saal, der Burgherr saß mit seiner Gattin Engelburg und seinen Neffen Hans und Andre an der dem Kamin zugewandten Seite. Die Delegation aus der Stadt nahm am anderen Ende Platz. Unwillkürlich musste der Bürgermeister schmunzeln, denn ihm war aufgefallen, dass der Tisch bei seinem letzten Besuch quer im Raum gestanden war. Leise flüsterte er dem Richter ins Ohr:

„Das nennt man Verhandlungsgeschick, mein Lieber. Man hat ganz bewusst den Tisch umgestellt, sodass wir am kalten Ende sitzen müssen. Doch die Herrschaften werden den Vorteil nicht ausnützen können, denn wir sind gewappnet!"

„Dürfen wir an ihrem Gespräch teilnehmen, Herr Bürgermeister, oder fehlt es euren Worten an Wichtigkeit, so wie immer?" begann Andre, der junge Hitzkopf, die Besprechung auf sarkastische Art und Weise.

Seine Tante zog ihn zur Beruhigung am Ärmel. Sie war prächtig gekleidet und sich ihrer Wirkung auf die Männer bewusst. Ihr Auftritt, ihr Gehabe war durch und durch aristokratisch geprägt und von Selbstbewusstsein durchwirkt. Es stand außer Zweifel, dass sie hier die Herrin war. Sie war ihrem Gatten treu ergeben, doch der Schatten der Kinderlosigkeit lag über ihrer Ehe. So hatte sie sich zum Ziel gesetzt, seine beiden Neffen zu anständigen Menschen zu erziehen.

Ladislaus beendete unwirsch das Geplänkel und wandte sich dem Bürgermeister und dem Stadtrichter zu.

„Nun, meine Herren, ich denke, es ist an der Zeit, reinen Tisch zu machen! Für mich steht fest, dass dieser feige Anschlag auf unser Fuhrwerk von euch ausging! Wir wollen Aufklärung, wer dafür verantwortlich war, wer die Achse angeschnitten hat, sodass sie brechen musste. Bis übermorgen will ich einen Namen hören, damit wir diesen schändlichen Menschen bestrafen können! Außerdem schuldet die Stadt uns nun zehn Ferkel und ein Fass Bier. Doch ihr werdet uns das Fass abkaufen, denn euer Gebräu kann man ja nicht trinken!"

Michael Khnapp sprang zornentbrannt auf, denn was zu viel ist, ist zu viel!

„Das ist doch die Höhe, unser Bier gilt als das beste weit und breit! Euren Pferden ist doch ganz schlecht geworden, nachdem sie eures von der Landstraße zusammengeschleckt hatten!"

Nun lag es am diplomatischen Geschick des Bürgermeisters, die Situation zu beruhigen.

„Gnädige Herrin, es ist der Stolz jedes Braumeisters, gutes Bier zu brauen, vergebt also unserem tapferen Khnapp, dass er sich beleidigt fühlt! Aber es geht um mehr, wie ihr genau wisst. Bereits mehrmals wurde von uns Beschwerde geführt, dass sich die Herrschaft nicht an des alte Recht hält. Ihr verbietet eurem Gesinde, das Bier aus der Stadt zu trinken und haltet euch nicht an die Bestimmungen der Bannmeile. Ihr lasst es zu, dass eure Bauern sich nicht an den Anfeilzwang halten und versucht seit Jahren immer wieder euren Einflussbereich über die Burgfriedensgrenzen auszuweiten, was euch nicht zusteht. Wir haben Grund, Beschwerde zu führen, nicht ihr! Und was den Schaden an eurem Fuhrwerk betrifft, so werden wir alles tun, um den Schuldigen zu finden und wir werden ihn dem hohen Gericht übergeben!“

Richter Leopold Rueßwurmb nickte zur Bestätigung.

„Denkt daran, dass ihr selbst die allererste Zunftordnung von 1531 bestätigt habt, in der es unter Punkt acht heißt: „Kein Melzer oder Brauer soll bei Strafe des Zechbuches die Geschäfte des andern stören oder einem anderen seine Wirte abwerben! Eure Leute sollten sich daran halten!“

Nun ergriff Eisenpeck das Wort.

„Ich kann ihnen versichern, dass keiner der Brauer aus der Stadt hinter der Sabotage an eurem Wagen steckt, ich verbürge mich dafür. Wir werden in einer Woche, wenn wir mit dem Anbrauen des Bockbieres fertig sind, eine Versammlung der Brauzeche halten und ernsthaft über die bedauernswerten Vorfälle der letzten Tage diskutieren, ich gebe euch mein Wort darauf!

-5-

Die rasch einberufene Versammlung der Brauzunft wurde zu einem einzigen Desaster. Hanns Haider, Braumeister im Hofbrauhaus, beschuldigte das „Brauerpack aus der Stadt“, wie er es verächtlich nannte, den Sabotageakt am Bierwagen der Herrschaft getätigt zu haben.

„Seit Jahr und Tag führt ihr Beschwerde gegen uns, weil wir angeblich die Zunftordnung nicht genug respektieren. Aber ich sage euch, ihr seid allesamt Halunken, die uns sabotieren, so oft es nur geht. Ihr habt verhindern wollen, dass wir unser gutes Bier am Markttag in Gmünd verkaufen!“

Michael Khnapp heulte auf.

„Ja glaubst du denn wirklich, irgendjemand in Gmünd würde euer Gruit-Bier saufen, welches ihr noch immer mit obskuren Kräutern würzt, da ihr zu knausrig seid, guten Hopfen zu kaufen! Ich möchte bezweifeln, dass du jemals schon eine Hopfendolde in der Hand gehabt hast!“

Helles Gelächter schallte durch den Raum. Die kleinen Bräuer der Stadt standen geschlossen hinter Khnapp, da sie ebenso unter den unlauteren Geschäftsmethoden der herrschaftlichen Brauerei litten. Die meisten von ihnen brauten nur geringe Mengen als Nebenverdienst zu anderen Gewerken. So wie Wolfgang Grienpöckh, der die große Eisenhandlung am Platz betrieb, Ratsherr war, und hin und wieder einen Sud von hundert Litern braute. Bedächtig stand er auf und bat den Zunftmeister Eisenpeck um Erlaubnis, das Wort ergreifen zu dürfen.

„Es geht nicht nur allein ums Bier, verehrter Kollege Haider. Es geht vor allem um das schändliche Unterfangen der Herrschaft, die wirtschaftlichen Einnahmen der Stadt zu unterminieren. So habt ihr es in eurem Herrschaftsbereich zugelassen, dass es nun auch in St. Martin und Hörmanns eine Brauerei gibt und in Eichberg ein Schankhaus. Diese liegen aber alle innerhalb der Bannmeile. Wir werden beim Herzog darüber Beschwerde führen und ihr werdet gemäß des Zechbuches bestraft werden! Was Recht ist, muss Recht bleiben!“

So bedächtig, wie er zuvor aufgestanden war, so bedächtig nahm er nun wieder Platz. Er war es jedoch seiner Stellung als Mitglied des Inneren Rates der Stadt Weitra schuldig, auf die immer wiederkehrenden Verstöße der

Herrschaft hinzuweisen und schürte damit das Feuer von neuem. Eisenpeck, der Zunftmeister, griff zur Glocke, um wieder für Ruhe zu sorgen. Doch es war zu spät.

Haider, für sein cholerisches Verhalten bekannt, sprang von seinem Sessel so heftig auf, dass dieser zu Boden krachte. Mit einem Wutschrei stürzte er sich auf Khnapp und schlug mit den Fäusten auf ihn ein. Dieser rammte ihm wie ein gereizter Stier seinen Kopf in den Bauch. Haider stürzte zu Boden und erbrach sich. Nun aber nützten einige der anderen Zunftbrüder die Gelegenheit, warfen sich auf Haider und trommelten absolut unbrüderlich auf ihn ein.

Eisenpeck und Grienpöckh zogen sie von Haider weg und bewahrten diesen damit vor ärgeren Verletzungen. Haider, aus der Unterlippe blutend, das Gesicht voll mit seinem Erbrochenem und anderem Dreck, erhob sich so würdevoll, wie es in seinem Zustand nur irgendwie ging, wischte sich mit einem Taschentuch ab und verließ wortlos den Saal. Die Tür fiel krachend hinter ihm ins Schloss.

Einen Moment herrschte Stille. Doch dann entlud sich der Zorn des Zunftmeisters.

„Was seid ihr doch für Idioten, mit dieser Aktion habt ihr der Zunft keinen Gefallen getan! Die Rache der Herrschaft ist uns sicher und wird nicht lange auf sich warten lassen! Vergesst nicht, dass sie auf dem längeren Ast sitzen und mit einer Beschwerde beim Herzog hundertprozentig Recht bekommen werden!“

***

Einen Tag später brannte in der Nacht der Holzschuppen von Vinzenz Sailler in der Unteren Zeile ab. Der Schuppen, schief und altersschwach, war hinten im Hof an die Stadtmauer angebaut worden. Zum Glück griff das Feuer nicht auf das Wohnhaus über. Der Bürgermeister und der Stadtrichter bildeten am nächsten Tag eine Kommission, um die Ursache des Brandes festzustellen. Stadtschreiber Zwickhennagl nahm das Protokoll auf.

„Hat hier irgendwo ein Feuer gebrannt? Hast du oder deine Frau vielleicht einen Laubhaufen angezündet?" begann der Bürgermeister die amtliche Handlung.

„Nein, natürlich nicht! Es war um Mitternacht, weil ich aufstehen und pissen musste, als ich den Feuerschein bemerkte. Wir haben tief geschlafen, nichts zuvor gehört oder gesehen!"

„Bringt mir eine Leiter" wies der Stadtrichter den Braugesellen an, „ich möchte über die Mauer schauen!"

Minuten später lehnte die Leiter an der Mauer. Rueßwurmb stieg über die noch leicht rauchenden Bretter hinweg, erklomm die Leiter und spähte auf die andere Seite der Mauer.

„Es war eindeutig Brandstiftung" rief er herunter, „man kann noch den Abdruck einer Leiter in der feuchten Erde erkennen. Irgendwer ist von der Außenseite heraufgestiegen und hat Feuer an die Dachschindeln gelegt. Habt ihr einen Verdacht, wer euch den Schaden angetan haben könnte! Gab es in letzter Zeit vielleicht Drohungen oder gar Feindseligkeiten gegen euch?"

Saillers Lippen entfuhr ein Wutschrei.

„Das kann nur der Preuer gewesen sein, der nachtragende

Hund! Der hat sich gerächt, weil ich ihm am Wenzelstag die Fahnenstange in seine Eier gerammt habe. Fragt doch den, wo er in der letzten Nacht war!“

Preuer stritt alles ab. Er habe in dieser Nacht gut und fest geschlafen. Die Verletzung seiner Weichteile sei bereits abgeklungen und er gehe auch schon wieder zur Arbeit ins Hofbrauhaus. Seine Frau bestätigte diese Angaben, damit war Preuer aus dem Schneider. Stadtrichter und Bürgermeister einigten sich darauf, die Brandursache unter dem Titel „unbekannte Ursache“ ad acta zu legen. Beide waren politisch gefinkelt genug, um das Zerwürfnis innerhalb der Brauzunft nicht weiter eskalieren zu lassen. Zur Wiedergutmachung einigten sie sich mit dem unglücklichen Sailler, dass ihm die Gemeinde das Material für den neuen Holzschuppen samt ausreichendem Brennholz zur Verfügung stellen würde. Als Gegenleistung verpflichtete er sich, keine Rachepläne gegen Vinzenz Sailler und Kumpane zu schmieden.

Am nächsten Tag im Waschhaus stand erwartungsgemäß Agnes Preuer wieder im Mittelpunkt des Interesses.

„Warst du mit Andre in der Nacht unterwegs, oder hat er das Feuer allein gelegt“ stellte Anna Silberpauer die alles entscheidende Frage.

„Niemand hat ein Feuer gelegt, wir haben beide gut und tief geschlafen und den Brand erst bemerkt, als Andre zum Pissen hinausging“ entgegnete Agnes erbost.

„Das kannst du deiner Großmutter erzählen, aber nicht uns“ warf Sybille ein, „das war doch die Rache von Andre wegen seines geschwollenen Sacks! Kann er wenigstens schon wieder?“

„Das geht dich einen feuchten Scheißdreck was an, was da geht und was nicht“, kam postwendend die Antwort der Preuerin.

Sibylle setzte nach. „Es wäre gut möglich, dass das mit dem Feuer allein deine Idee war, aus Rache dafür, dass er dich nach dem Malheur nicht mehr befriedigen konnte!“

„Ich werde dir gleich was geben, du ausg'schamtes Luder, pass lieber auf, dass du nicht selbst gleich Opfer eines Malheurs wirst! Und wenn du es genau wissen willst, dann ja, gestern kam er erstmals wieder dreimal hintereinander, so wie früher!“ Mit diesen Worten klatschte ihr Agnes ein nasses Nachthemd so schmerzhaft um die Ohren, dass bei Sibylle als gleich die Tränen flossen. Laut schreiend ließ sie ihre Wäsche liegen und rannte davon.

Diese Aktion war Anlass genug, um die Gerüchteküche wieder ordentlich zum Brodeln zu bringen, absolut schlagzeilentauglich für die Tratschereien beim Wasserholen vom Brunnen auf dem Hauptplatz. Dort kamen die Frauen regelmäßig zusammen – nicht nur des Wassers wegen. Denn der Brunnen war aus dem Alltagsleben der biederen Hausfrauen nicht wegzudenken. Man tauschte dort nicht nur Neuigkeiten aus, sondern es war ein beliebter Ort, um im Schmutz der anderen zu wühlen nach alter Sitte. Von dort würde alles ausgehen, was man sich in der Stadt erzählte, ob es wahr war, oder nicht. Der Brunnen war eindeutig die Kommunikationszentrale der Stadt. Klatsch und Tratsch dienten nicht nur der Unterhaltung, sondern trugen auch ihr Scherflein zur Aufrechterhaltung der moralischen Hygiene bei. Man konnte hier alles los werden, was einen bedrückte. Ein paar Wahrheitstrümmer da und dort, verflochten mit Vermutungen, Anschuldigungen und scheinbar grundlos eingeworfenen Nebenbemerkungen stachelten die Phantasie der Zuhörer an.

Die gesunde soziale Durchmischung des Publikums an Ort und Stelle gewährleistete einen sicheren Nachrichtenfluss in alle Häuser der Stadt. Die Tatsache, dass sich jeder für seinen Nächsten interessiert, ist schließlich kennzeichnend für das Leben in der Provinz, wo die Menschen über viel Zeit verfügen. Da wuchern schon einmal die wildesten Verschwörungstheorien über Geheimnisse und ihre Verbindungen und bekräftigen damit die Sonderstellung der Eingeweihten. Das Teilen von Geheimnissen mit anderen vermittelt wiederum ein Gefühl der Zugehörigkeit, Vertraulichkeit und Überlegenheit.

Und so mancher, der sich mit dem Phänomen der Klatschsucht der Weitraer beschäftigte, fragte sich, ob es möglich sei, dass die Mauer rund um die Stadt vielleicht auch die Gehirne ihrer Bewohner eingeschränkt hatte. Das Richtschwert der bösen Zungen blitzte da und dort auf, hinterließ bei so manchem einen schalen Beigeschmack und trübte jegliche Urteilskraft.

Bürgermeister Fleischhackher war nicht nur philosophisch angehaucht, sondern er wusste ausreichend Bescheid über die Nachrichtenübertragung in seiner Stadt. Er kannte die Schwächen seiner Mitbürger und nutzte sie perfekt zu seinen Gunsten. So geschah es immer wieder, dass er einem der potentiellen Meinungsbildner unter dem Siegel der Verschwiegenheit etwas mitteilte, egal ob wahr oder nicht, um es an die richtige Adresse zu bringen. Denn schließlich und endlich diente der Stadtplatz nicht nur zur Abhaltung von

Märkten, wo man alles dem Meistbietenden verkaufen konnte! Ganz im Stil ranghoher Politiker ließ er auch im Fall von Saillers Schuppenbrand ein paar Wortspenden fallen. Man könne es natürlich nicht beweisen. Doch Brandstiftung könnte möglich sein. Spuren dafür gäbe es jedoch keine. Es sei bloß eine Vermutung, kein Tatsachenbestand! So stellte der Schlaumeier sehr geschickt Vermutungen an, aber ohne dass er weitere Erklärungen abgeben musste!

-6-

Es kam, wie es kommen musste und kommen sollte. Die Ereignisse überstürzten sich, das Gerücht von der Brandstiftung ging von Mund zu Mund und erreichte zu guter Letzt auch die Burg. Gegen Mittag ritt der junge Herr Andre von Prag und Windhaag in die Stadt hinunter und eilte schnurstracks in das Rathaus, wo er den Bürgermeister zur Rede stellte.

„War es tatsächlich Brandstiftung und unser Preuer soll der Zündler sein?“ fuhr er erregt den Bürgermeister an, ohne zu grüßen, die guten Sitten dabei außer Acht lassend!

„Wir verlangen Aufklärung, ohne Wenn und Aber! Ich lege für Preuer die Hand ins Feuer!“ schrie er laut aus sich heraus, um sogleich im nächsten Augenblick zu wissen, dass der Begriff Feuer absolut nicht angebracht war!

Der Bürgermeister bot ihm Platz an und konterte.

„Ihr könnt euch sicher sein, dass weder Richter Rueßwurmb, noch ich das Thema Brandstiftung jemals in den Mund nahmen und schon gar nicht, dass der Preuer daran schuld sei. Das ist doch alles Weibergetratsche und entbehrt jeder Grundlage. Ihr wisst doch Bescheid über die Entstehung von Klatsch, Tratsch und Gerüchten! Aber es ist doch nur natürlich, dass man sich Gedanken darüber macht, wenn um Mitternacht so mir nichts, dir nichts, ein Schuppen abbrennt. Die Leute stecken doch immer ihre Nase in Dinge, die sie nichts angehen, aber so mancher fürchtet verständlicherweise eine Feuersbrunst, wie wir sie schon gehabt haben. Die älteren Bürger der Stadt erinnern sich noch immer mit Schaudern an die verheerende Brandkatastrophe von 1527, wo gleich achtzehn Häuser bis auf die Grundmauern abbrannten. Auch damals ging das Feuer von einer einzigen Stelle aus, genauso hätte jetzt die halbe Stadt dabei abbrennen können. Es gab ja nicht einmal ein Gewitter, dem man die Schuld zuschreiben könnte! Außerdem brannte weit und breit kein Feuer und an Selbstentzündung glaubt natürlich auch keiner. Ich versichere euch, dass wir diesen Vorfall rasch aufklären werden. Jedenfalls habe ich dem armen Sailler die Unterstützung der Gemeinde zugesagt. Wir spenden ihm das Holz für den neuen Schuppen und es wäre nur recht und billig, wenn die Herrschaft ihre Zimmerleute für den Neubau abstellen würden!“

Andre brummelte vor sich hin, stand auf und reichte dem Bürgermeister die Hand.

„Ich danke euch für eure Rechtschaffenheit und werde unsere Zimmerleute anweisen, dem Sailler dabei zur Hand zu gehen!“ Mit diesen Worten stürmte er abermals grußlos aus der Kanzlei.

Bürgermeister Fleischhackher lachte in sich hinein. Wieder einmal hatte er es geschafft, sich mit diplomatischem Geschick reinzuwaschen und das zu erreichen, was er wollte! Noch am selben Abend brachte er dem Vinzenz Sailler die frohe Kunde, dass er in Kürze mit dem Bau des neuen Holzschuppens rechnen dürfte. Der überschlug sich förmlich mit Lobeshymnen auf den Bürgermeister. Dieser schlug ihm jovial die Hand auf die Schulter.

„Man tut eben, was man kann, zum Wohle unserer Stadt und seiner Bewohner!“

Zu Allerheiligen fiel der erste Schnee, vorerst nur zaghaft. Doch dann frischte der Wind auf und trieb grauschwarze Wolken vom Nebelstein herunter und am späten Nachmittag schneite es in voller Stärke. Mensch und Tier begannen, sich auf einen langen Winter einzustellen. Der folgende Allerseelentag aber sollte sich bald zu einem der allerschwärzesten Tage in der Geschichte Weitras herausstellen.

Um zehn Uhr nachts läutete die Glocke im Vorhaus des Bürgermeisters. Fleischhackher wollte soeben zu Bett gehen. Rasch schlüpfte er in seinen Morgenmantel und eilte zur Haustür. Zu seiner Verwunderung stand Phillip Schuster zitternd vor Aufregung vor der Tür.

„Kommt doch herein, Schuster, was ist denn los!“

„Herr Bürgermeister, wir brauchen eure Hilfe, unser Peter ist heute Abend nicht nach Hause gekommen, wir fürchten, es könnte ihm etwas passiert sein!“

Fleischhackher zog in herein, beruhigte den besorgten Vater. „Vielleicht sitzt er im Schankhaus mit seinen Freunden, es muss ja noch kein Grund zur Sorge sein. Könnte ja auch sein, dass er irgendwo im Heu seinen Rausch ausschläft!"

„Das hat er aber bisher noch nie getan, das schwöre ich. Und sein Meister, Hans Eisenpeck, hat mir versichert, dass er mit seiner Arbeit um sechs Uhr fertig war und dann nach Haus ging. Und es ist nicht seine Art, sich nach der Arbeit zu betrinken! Wir müssen ihn suchen, vielleicht liegt er irgendwo da draußen in der Kälte und kann sich nicht helfen! Es ist ihm bestimmt etwas zugestoßen, ich kann es spüren!"

„Schuster, was sollen wir denn jetzt in der Finsternis tun, wir müssen bis morgen warten. Du wirst sehen, dass deine Sorgen unbegründet waren, wahrscheinlich ist er bereits zu Hause!"

Der besorgte Vater ließ sich nicht beschwichtigen. Also zog sich der Bürgermeister an und holte eine Laterne.

„Weißt du was, Schuster, wir gehen jetzt gemeinsam eine Runde durch die Stadt. Ich will nichts unversucht lassen, auch wenn die Aussicht auf Erfolg gering ist."

Eine Stunde lang suchten sie die Stadt ab, leuchteten in alle Winkel, folgten Fußspuren im Schnee, und fanden doch nichts.

„Wenn euer Peter bis morgen früh noch nicht daheim ist, dann kommst du morgen um acht, wenn es wieder hell wird, ins Rathaus. Ich werde einen Suchtrupp zusammenstellen und ihr geht noch einmal alles ab. Jetzt ist es absolut sinnlos."

Widerwillig fügte sich Schuster, stieß einen Seufzer aus und kehrte mit hängenden Schultern und besorgter Miene nach Hause zurück.

Noch im Morgengrauen stellte der Bürgermeister den Suchtrupp zusammen. Hans Eisenpeck hatte ein paar Bräuer aufgescheucht, die Herrschaft drei Knechte ausgeschickt und die Gemeinde stellte eine Handvoll Arbeiter und Dienstboten unter der Führung des Stadtbüttels Windprechtinger zur Verfügung.

„Die meisten von euch kennen den Peter Schuster. Er ist gestern nicht von der Arbeit nach Hause gekommen. Seine Eltern machen sich große Sorgen, denn er ist als verlässlich bekannt und sie befürchten, es könnte ihm etwas zugestoßen sein. Wir teilen uns in drei Gruppen auf. Eisenpeck, du übernimmst mit deinen Leuten das Tal. Durchkämmt es von Schützenberg bis in die Brühl. Geht ungewöhnlichen Fußspuren im Schnee nach. Sucht die Ufer der Lainsitz ab, kontrolliert alle Wehrbäche. Andre Khalcher, der auch dem Inneren Rat angehört, übernimmt die Leute von der Herrschaft. Ihr geht die südliche Seite ab, vom Grienpöckhteich bis zum Teich vor dem Herrschaftswald. Ich werde mit dem Schuster und den Helfern der Gemeinde jeden Winkel der Stadt durchsuchen!“

Der Trupp setzte sich in Bewegung und schwärmte nach allen Richtungen aus. Fleischhackher hatte fünf Stunden für die Suche angesetzt und die Order ausgegeben, dass man sich um ein Uhr wieder vor dem Rathaus treffen solle.

Fünfundzwanzig Helfer durchsuchten jede Scheune, jeden Schuppen, alle leerstehenden Häuser und Brandstätten, stocherten in Gräben und Schneehaufen herum, kletterten auf Felsen hinauf, in Felsspalten hinein und fanden nichts. Nach der ergebnislosen Suche setzte der Bürgermeister einen Krisenstab ein. Am späten Nachmittag traf dieser erstmals zusammen.

Nach einer kurzen Begrüßung begann er mit der Befragung eventueller Zeugen. Zuerst befragte er Georg Straß, den altbewährten Torwächter vom Oberen Tor.

„Ist euch irgendwas ungewöhnliches aufgefallen, lieber Straß? Ist Peter Schuster am Tor gesehen worden? Sind irgendwelche fremde Personen, die nicht besonders vertrauenswürdig aussahen, durch das Tor gegangen?"

Straß verneinte. „Wegen dem scheußlichen Wetter waren nicht viele Leute unterwegs und der Peter Schuster schon gar nicht. Ich hätte ihn erkannt, weil er mit meinem Rudolf zur Schule gegangen ist!"

Der Torwächter vom Unteren Tor, Georg Schneider, hatte auch nichts Auffälliges bemerkt.

„Wie üblich habe ich zehn Uhr nachts das Tor geschlossen. Bis dahin ist nur der Steinbrecher Josef mit seinem Fuhrwerk durchgefahren und einige Leute, die in den Mühlen im Ledertal arbeiten und die sonst üblichen Passanten! Peter Schuster war sicher nicht dabei, der wäre mir aufgefallen!"

Als nächster wurde Ernst Zötterpauer, der Nachtwächter, zur Vernehmung aufgerufen.

„Ist euch der Peter vielleicht bei eurer nächtlichen Runde begegnet?"

„Nein, ich habe ihn auch nicht gesehen. Nach zehn Uhr waren die Straßen und Gassen menschenleer, eigentlich habe ich nur euch, verehrter Bürgermeister, gestern Abend von weitem gesehen, als ihr mit dem alten Schuster durch die Straßen gegeistert seid. Ich habe mich nur gewundert, warum ihr da zu später Stunde noch herumirrt!"

Mit der Befragung von Hans Eisenpeck ging es weiter.

„Hat sich der Peter Schuster während der Arbeit irgendwie ungewöhnlich verhalten? War er anders als sonst? Niedergedrückt, betrübt, nicht ganz bei der Sache?" wollte nun Richter Rueßwurmb wissen.

„Nein, es lief alles normal. Wir haben den ersten Sud für den Weihnachtsbock gebraut und Peter hat anschließend die Sudpfanne gereinigt. Weil es so kalt war, hat uns meine Gisela noch eine Milchsuppe gemacht. Nach dem Essen ist Peter nach Hause gegangen."

„Wie verhielt sich Peter normalerweise, war er ein guter Lehrling?"

„Ja, eigentlich schon. Hin und wieder war er zwar so langsam, dass man ihm die Hose beim Gehen flicken hätte können, aber das war halt sein Naturell. Doch er war fleißig und gehorsam, niemals ist er zu mir oder meiner Frau oder den Dienstboten gegenüber frech geworden. Er war hilfsbereit und hat nie gemurrt, wenn es etwas später wurde."

Der Richter beendete die Vernehmung, die beiden Torwächter und der Nachtwächter wurden entlassen. Zunftmeister Eisenpeck blieb, denn er war in den Krisenstab einberufen worden. Man besprach die weitere Vorgangsweise.

„Morgen werden wir den Heimweg Peters von Eisenpecks Schankhaus bis zu ihm nach Hause rekonstruieren. Es wäre gut, verehrter Herr Bürgermeister, wenn diese Aufgabe der Stadtschreiber Zwickhennagl übernehmen würde.

Er soll in allen Geschäften und Läden am Weg nachfragen, ob der Abgängige vielleicht dort irgendetwas besorgt hat. Selbstverständlich auch in allen Wirts- und Schankhäusern, ob er dort nach der Arbeit noch eingekehrt ist. Wir müssen wissen, wann und wo er letztmalig gesehen wurde. Vielleicht ist er wem begegnet, hat mit wem gesprochen. Außerdem müssen wir wissen, wer seine besten Freunde sind. Hatte er eigentlich eine Freundin? Es kann sein, dass er sich jemand anvertraut hat mit Sorgen oder Problemen, die er hatte. Vielleicht ist er bedroht worden? Oder er hatte Angst vor wem. Jedem Hinweis muss nachgegangen werden, auch wenn er noch so unmöglich scheint. Wir müssen ja nicht gleich von einem Gewaltverbrechen ausgehen, es ist doch öfter schon passiert, dass junge Leute einfach weglaufen, weil sie mit ihren Problemen nicht fertig werden. Falls er gar irgendwo in der Fremde nach Abenteuern sucht, dann ist der Winterbeginn nicht gerade die ideale Zeit dazu!“

Hans Eisenpeck ergriff nun das Wort.

„Das kann ich mir absolut nicht vorstellen. Er war kein besonderer Draufgänger, eigentlich ein typischer Familienmensch. Von einem Mädchen weiß ich nichts, ich glaube auch nicht, dass er irgendwelche Feinde hatte. Und wenn ihn wer bedroht hätte, dann wüsste ich davon. Er hat mir alles erzählt, was ihn bedrückt hat!“

Der Bürgermeister stocherte nun in alten Wunden herum. „So ein friedliches Lamm, wie du ihn jetzt beschrieben hast, kann er aber auch nicht sein. Schließlich und endlich hat er mit seiner Rempelei die Prügelei am Wenzelstag provoziert!“

„Ja, das stimmt schon“ gab Eisenpeck erregt zu, „aber dafür hat ihm der Caspar Brandtner dann drei Zähne ausgeschlagen!“

„Dann werden wir morgen eben den Caspar Brandtner vernehmen, ob er sich gestern mit dem Peter Schuster getroffen hat. Es könnte doch sein, dass die beiden neuerlich in Streit gerieten und Peter dabei den Kürzeren zog! Ich werde ihn um neun Uhr Vormittag vorladen, da treffen wir uns wieder!“

Die Vernehmung des Caspar Brandtner ergab rein gar nichts, außerdem konnte er ein wasserdichtes Alibi vorweisen. Er war nach der Arbeit in das Schankhaus beim Unteren Tor gegangen und hatte bis Mitternacht mit seinen Freunden Karten gespielt. Nach seiner Ansicht war die Prügelei unter den Bräuern eine Riesenhetz gewesen und hatte endlich etwas Abwechslung in den grauen Alltag gebracht. Dem Peter Schuster war er auch nicht böse, und er hatte sich noch nie mit dem Gedanken getragen, sich an ihm rächen zu wollen.

Als allerletzte Möglichkeit schickte der Bürgermeister Josef Leibetseder, den Austrommler der Gemeinde, auf die Straße. Er solle ausrufen, dass um zweckdienliche Hinweise zum Verschwinden Peter Schusters gebeten wurde. Eine einzige Zeugin meldete sich, sie hatte gesehen, wie Peter kurz nach sechs seine Arbeitsstätte verließ. Weitere Angaben zu seinem Verbleib konnte sie allerdings nicht machen, damit verlief auch diese Spur im Sand. Auch Zwickhennagls Bemühungen waren zwecklos, die Hinweise absolut dürftig und erwiesen sich alle als nicht relevant für die Tat.

In der Zwischenzeit hatte der verzweifelte Vater seine ganze Verwandtschaft zusammengescheucht und mit ihr noch einmal die Stadt und die nähere Umgebung durchsucht, aber auch nichts gefunden. Seine Mutter hatte Peters Kammer von oben bis unten umgekrempelt, um irgendwelche Hinweise zu finden. Vergeblich. Alles war so, wie er es verlassen hatte. Kein Abschiedsbrief, keine Erklärung, warum er dem Elternhaus den Rücken zugekehrt hatte. Es war wie verhext, niemand konnte sich vorstellen, dass ein Mensch so unbemerkt verschwinden kann!

Irgendjemand hatte Peters Mutter ins Ohr geflüstert, dass in Unserfrau, gleich neben der Kirche, eine Wahrsagerin hausen würde. Sie klammerte sich verzweifelt an diesen Strohhalm, zog sich warm an und stapfte durch den Schnee auf dem alten Wallfahrtsweg über Brühl nach Unserfrau hinunter. Die Wahrsagerin war keine Wahrsagerin, sondern las ihr aus der Hand. Sie murmelte Unverständliches vor sich hin und schloss ihre Augen.

„Dein Sohn ist irgendwo bei einem großen Wasser und es ist ihm sehr, sehr kalt. Geht dorthin, wo große Wasser sind und ihr werdet ihn finden, doch er wird sehr, sehr kalt sein!“

Die Schusterin weinte so herzzerreißend, dass es direkt zum Heulen war. Schluchzend kam es aus ihr heraus.

„Er hat als Kind schon immer gern im Wasser geplanscht unten im Tal, im Wehrbach der Erlachmühle, vielleicht sollten wir dort noch einmal suchen!“

Nach einer Stunde war sie wieder zuhause und erzählte ihrem Gatten, was die Handleserin in ihrer Hand gelesen hatte. Ihr Mann, der an so einem Hokuspokus nicht glaubte und als Unfug bezeichnete, ergriff stumm die Laterne und ging hinunter zum Wehrbach. Er wollte nichts unversucht lassen. Es war ihm schwer ums Herz, da er fühlte und ahnte, dass sein Sohn nicht mehr unter den Lebenden weilte. Tränen rannten ihm über die Wangen, und seinen Lippen entsprang beinahe unbewusst ein Vaterunser, obwohl er schon jahrelang nicht mehr gebetet hatte.

-7-

Nächsten Tag rief Eisenpeck seine Zunftmitglieder neuerlich zusammen. Peter Schuster war noch immer nicht aufgetaucht.

„Wir wissen nicht, was dem Peter passiert ist. Es ist mysteriös und äußerst merkwürdig, wie sich ein Mensch so schnell in Luft auflösen kann. Ich vermute, dass er einem Gewaltverbrechen zum Opfer fiel. Doch wenn es wirklich ein Mord war, wo liegt dann das Motiv? Hatte er sich was zuschulden kommen lassen? Hatte jemand Grund zur Eifersucht? Hat er sich Geld geliehen und nicht mehr zurückzahlen können? Wir müssen alle diese Fragen durchgehen, vielleicht haben wir bisher irgendwas übersehen, was klar auf der Hand liegt! Fällt euch dazu was ein? Jeder kleine Fingerzeig kann wertvoll sein, schließlich ist er einer von uns und wir müssen ihn finden, tot oder lebendig! Seine Mutter ist so verzweifelt, dass sie sogar die Dienste einer Wahrsagerin in Anspruch genommen hat und die hat ihr gesagt, dass er irgendwo bei einem großen Wasser liegt! Wir bilden drei Gruppen, eine geht zum Grienpöckhteich, eine zum Teich vor dem Herrschaftswald und eine hinunter zum Altweitraerteich. Nehmt lange Stangen mit und einen Sappl und stochert im Wasser herum. Die Teiche sind zum Glück noch nicht zugefroren, deshalb wird es für uns leichter sein!"

Zwölf Bräuer waren es, die sich auf den Weg machten. Eisenpeck selbst mit seinem Stallknecht, Sailler und Khnapp vom Städtischen Brauhaus, sechs Mann von den kleinen Bräuern der Stadt, und von der Herrschaftsbrauerei gingen ehrenhalber Andre Preuer und Caspar Brandtner mit. Einen ganzen Tag lang waren sie unterwegs, stapften missmutig durch den Schnee, schlugen mit ihren Stangen auf das Wasser, kämpften sich durch Ufergestrüpp, durchsuchten Zuläufe und Abläufe und kamen am späten Nachmittag kalt, nass und durchfroren nach Weitra zurück. Das Ergebnis war entmutigend. Kein Peter, ja nicht einmal ein kleiner Hinweis auf ihn konnte gefunden werden.

Mutter Schuster eilte tags darauf zum Herrn Pfarrer. Händeringend beschwor sie den hochwürdigen Herrn, für das Seelenheil von Peter zu beten. Vielleicht war er krank oder verletzt und hielt sich irgendwo versteckt und vielleicht ließ ihn der gütige Herrgott wieder nach Hause finden. Dem Pfarrer tat die Frau leid und er schlug ihr vor, sie solle doch um zehn Kreuzer die Sonntagsmesse für ihren

Sohn lesen lassen. Die arme, tief verängstigte Frau ging geradezu erleichtert darauf ein. Beim Heimweg überfiel sie plötzlich die Scham, da sie und ihr Mann schon lange mit dem Protestantismus liebäugelten.

So also las der Herr Pfarrer die Zehnermesse am Sonntag zu Gunsten des Vermissten Peter Schuster. Von der Kanzel herab beschwor er nun seinerseits die versammelte Schar für Peter und seine Familie zu beten.

„Stellt Kerzen in eure Fenster, damit er Licht sieht, wo Dunkelheit ist! Zerbrecht euch eure Gehirne, wo der Peter sein könnte. Jeder Hinweis kann wichtig sein. Vielleicht hat er da und dort ein Wort fallen lassen, dass ihn Angst befiel vor irgendwem oder irgendwas. Und sollte gar unter euch, Gott behüte, der Wolf im Schafspelz sein, der am Verschwinden von Peter Schuster schuld ist, dann möge er sich der Gerichtsbarkeit stellen und zu seiner Tat stehen! Amen!“

Nach einem sekundenkurzen Moment der Stille ertönte das Amen der Gläubigen. Nach der Messe standen die Kirchgänger am Kirchenplatz in kleinen Gruppen zusammen und diskutierten über alle möglichen und unmöglichen Gründe, warum der arme Peter verschwunden sein könnte.

Zwei Tage später wehte der Föhn und der Schnee schmolz so rasch dahin, wie er gekommen war. Über das grün und braun gebuckelte Land schien die Sonne. Die Luft erwärmte sich rasch und die Leute hielten sich, so oft sie nur konnten, wieder im Freien auf.

Am Mittwoch kam Veith Franckhenstainer, der Auf- und Zusperrer des Oberen Tores zum Bürgermeister. Er hielt eine braune Wollmütze in der Hand.

„Stell dir vor, Herr Bürgermeister, meine Frau hat heute beim Grienpöckhteich diese Mütze gefunden, sie lag in einem Laubhaufen neben dem Weg. Könnte es sein, dass sie dem Peter gehört?"

Fleischhackher sprang heftig von seinem Stuhl auf und brachte damit den Schreibtisch zu wackeln.

„Das könnte der erste Hinweis sein, ich werde sofort zu den Schusters gehen. Seine Mutter hat ihm die Mütze wahrscheinlich selbst gestrickt, sie muss sie also kennen! Zuvor aber will ich Richter Rueßwurmb verständigen, er leitet schließlich die Untersuchung!"

Der Richter drehte und wendete die Mütze an allen Seiten und entdeckte einen dunkelbraunen Fleck an der Oberseite.

„Wenn mich nicht alles täuscht, dann ist das Blut" meinte er sorgenvoll, „und wenn es so ist, dann haben wir es nun tatsächlich mit einem Mordfall zu tun!"

Der Besuch bei den Schusters bestätigte diese Vermutung, denn beide Elternteile konnten die Mütze dem Eigentum ihres Sohnes zuordnen. Frau Schuster begann wieder zu weinen und ihrem Mann schwollen die Zornadern an der Stirn.

„Dann hat man ihn ja doch umgebracht, den armen Bub, nun können wir alle Hoffnung fahren lassen, nun ist es so gut wie gewiss. Wo hat man die Mütze gefunden?"

„Das kann ich euch erst sagen, wenn die Ermittlungen abgeschlossen sind, lieber Schuster, habt Verständnis dafür! Ihr werdet jedoch sogleich benachrichtigt, wenn es etwas Neues gibt, aber jetzt hat die Ermittlung des Gerichts absoluten Vorrang!"

Richter, Bürgermeister, die Ratsherren Grienpöckh und

Hans Flach, sowie der Stadtschreiber machten sich auf den Weg zum Teich. Stadtbüttel Thomas Windprechtinger fuhr mit einem Ochsengespann voraus. Rosalia Franckhenstainer, welche die Mütze gefunden hatte, saß hinten auf dem Leiterwagen, ihre Füße pendelten hin und her. Vor dem Teich hielt der Büttel das Fuhrwerk an und band die Ochsen an einen Baum. Rosalia sprang behende vom Wagen herab und lief sofort zum Fundort der Mütze. Eine halbe Stunde später traf die hoch verehrte Kommission ein.

Zwickhennagl skizzierte auf Geheiß des Richters die Lage des Fundortes auf ein Blatt Papier. Er hielt alles genau fest für das Protokoll.

Richter Rueßwumb wandte sich an den Bürgermeister.

„Der Teich war doch bereits Grund für eine Untersuchung, oder? Aber ist dir bekannt, ob jemand in das Zapfenhaus geschaut hatte?"

Der Bürgermeister verneinte. So setzte sich die Karawane wieder in Bewegung und strebte dem Zapfenhaus am Abfluss des Teiches zu. Dort stellte man fest, dass das Schloss aufgebrochen war und die Tür auf plumpe Art mit einem Stück Draht zugehalten wurde. Der Stadtbüttel zwickte den Draht auf und die Spannung erreichte ihren Höhepunkt. Langsam öffnete Rueßwurmb die Tür, keiner wagte zu atmen, es wurde mucksmäuschenstill. Nur das Gekrächze der Raben am Ufer unterbrach die Stille.

Der leblose Körper des Braulehrlings lag vor der Spindel. Am Hinterkopf klaffte eine breite Wunde, er war erschlagen worden. Wiederum musste Zwickhennagl den Fundort skizzieren. Entsetzen stand ins Gesicht der Anwesenden geschrieben und Rosalia Franckhenstainer, eine robuste Frau, die nicht so leicht aus der Ruhe zu bringen war, übergab sich. Die eklige Substanz landete auf den Schuhen des Bürgermeisters.

Richter Rueßwurmb fasste die Situation in wenigen Worten zusammen.

„Erstens. Bei der Leiche handelt sich eindeutig um den abgängigen Peter Schuster. Das kann wahrscheinlich jeder von euch bezeugen! Soweit die Identifizierung des Toten.

Zweitens. Peter Schuster ist erschlagen worden! Der Tatvorgang ist eindeutig!

Drittens. Der Ort, an dem wir den Peter gefunden haben, ist nicht der Ort der Tat. Es gibt hier keine Blutflecken oder Blutspritzer. Auch ist keine ausgetretene Hirnmasse zu sehen."

Zwickhennagl nahm alles zu Protokoll, alle Anwesenden mussten als Zeugen der Amtshandlung unterschreiben. Wolfgang Grienpöckh, der Besitzer des Teiches, bestand darauf, dass das Aufbrechen der Tür des Zapfenhauses ebenfalls niedergeschrieben werden musste.

Der schwer geschockte Richter, der es bislang noch nie mit einem Mord zu tun hatte, gab die nächste Anweisung.

„Windprechtinger und Flach, ihr bringt den Leichnam zum Beinhaus am Friedhof. Legt ihn dort auf dem Tisch ab und zieht ihn komplett aus. Sein Gewand steckt ihr in einen Sack, damit wir es untersuchen können, denn es sind Beweismittel. Ich werde unseren Medicus Fuchs verständigen, damit er die Leiche untersucht und den Totenschein ausstellt. Außerdem möchte ich haben, dass der Pfarrer dabei ist, damit es nachher keine Scherereien mit der Kirche gibt!

Die sind in dieser Sache sehr heikel, wegen der Auferstehung des Fleisches!"

Thomas Windprechtinger und Hans Flach trugen den leblosen Körper zum Fuhrwerk, legten ihn auf den Wagen und deckten ihn mit einer alten Pferdedecke zu. Schweigend, noch tief erschüttert, setzte sich der Trupp in Bewegung, der Stadt zu.

Medicus Fuchs untersuchte den Leichnam unter den wachsamen Augen des Pfarrers nach allen Regeln der Kunst. Am rechten Unterarm entdeckte er einen blauen Fleck, außerdem war der Fingernagel des Mittelfingers abgebrochen. Mit einem scharfen Messer entfernte er die Haare rund um die Wunde, damit er sie genau inspizieren konnte. Mit einer Pinzette fischte er einige Holzsplitter heraus.

„Nun steht es fest, es war ein Holzknüppel, ein runder. Diese Splitter beweisen uns, dass er mit solch einem erschlagen wurde. Das lässt sich aus der Form der Wunde ablesen. Der Täter muss mit ordentlicher Wucht zugeschlagen haben, zwei- bis dreimal, denke ich, denn die Schädeldecke ist total zertrümmert!"

Der geistliche Herr bekreuzigte sich.

„Der arme Junge, da muss ja einer Zorn und Wut an ihm ausgelassen haben! Der Täter muss eine Bestie sein, hoffentlich wird er bald gefasst, bevor er noch einmal zuschlagen kann!"

Tief erschüttert eilte er von dannen. Der Medicus war froh darüber, denn er wollte sich noch genauer mit der Leiche befassen. Die katholische Kirche war nicht sehr erbaut, wenn ein Leichnam seziert wurde. So weit aber wollte es Fuchs gar nicht treiben.

Eine Stunde später erschien der Bürgermeister mit den Eltern, damit sie den Leichnam ihres Sohnes eindeutig identifizierten. Es war ein wahrhaft erschütternder Moment, den er nicht so leicht vergessen würde. Fuchs hatte die schreckliche Wunde abgedeckt, um den armen Eltern den Anblick zu ersparen. Wie ein Häufchen Elend standen beide da, dicke Tränen kollerten ihre Wangen herunter. Sie zitterten am ganzen Körper und die leidgeprüfte Mutter war der Ohnmacht nahe. Ihr Mann musste all seine Kraft aufbringen, um sie zu stützen.

Der Bürgermeister schob sie sanft hinaus aus dieser furchtbaren Stätte.

„Ihr müsst jetzt stark sein, und es ist besser, wenn wir ihn so rasch wie möglich begraben. Ich werde den Totengräber verständigen, dass er euer Familiengrab öffnen soll. Dann aber beginnen wir mit aller Kraft und Härte nach dem Schuldigen zu suchen!“

-8-

Bereits am nächsten Tag wurde Peter Schuster begraben. Die halbe Stadt, so schien es, war anwesend. Viele, weil sie Peter gekannt hatten. Viele, weil sie mit seinen Eltern trauerten. Viele, weil sie neugierig waren und mit Argusaugen jede Reaktion der Trauernden argwöhnisch beobachteten. Waren die Tränen echt? War die Trauer nur gespielt? Wer weinte am meisten? Die Mutter? Der Vater? Waren sie auch beide nach altem Brauch schwarz gekleidet? Köpfe wurden zusammengesteckt, es wurde gezischt und gezüngelt, Vermutungen, Verdächtigungen, Verleumdungen machten die Runde durch die Reihen der Besserwisser, die immer schon alles geahnt, ja gewusst hatten. Dass die Zeiten schlecht sind, die Moral am Tiefpunkt angelangt ist und ein Menschenleben nicht mehr heilig sei. Diese Quengelei war ausgesprochen paradox, denn keiner der Friedhofsgänger hatte je zuvor einen Mord in Weitra erlebt. Sie taten so, als wäre die Stadt von einem Tag auf den anderen zu einem Sündenpfuhl geworden, als hätte der Teufel Blut geleckt und sich höchstpersönlich hier eingenistet.

Noch einer beobachtete die Schar am Friedhof mit Argusaugen, nämlich von Amts wegen. Der Bürgermeister hatte seinem Stadtbüttel aufgetragen, die Augen offen zu halten und darauf zu achten, ob sich irgendwer am Friedhof verdächtig verhielt. Hieß es nicht immer, dass sich mancher Mörder unter die Trauernden mischt, nur um sich am Anblick von Tränen und Wut und Zorn begeilen zu können? So also hielt sich Windprechtinger diskret im Hintergrund, wechselte von einer Seite zur anderen, um ja nichts zu verpassen. Nach dem Begräbnis würde er dem Bürgermeister Bericht erstatten.

Der Pfarrer hielt die Andacht so kurz wie nur möglich, konnte aber nicht umhin, wieder vom Wolf im Schafspelz zu sprechen. Doch auch er war sichtlich erschüttert, schließlich hatte er den armen Peter getauft. Er nahm sich vor, die leidgeprüften Eltern noch am Abend zu besuchen, obgleich er schon lange ahnte, dass sie mit dem neuen Glauben sympathisierten.

Alle Bräuer waren zusammengekommen, die von der Stadt und auch die von der Herrschaft. Meister, Gesellen und Lehrlinge zollten ihrem toten Berufskollegen Respekt und Anerkennung, und als Vinzenz Sailler die prächtige

Zunftfahne über das Grab senkte, hielt jedermann den Atem an.

Zunftmeister Eisenpeck, Peters Lehrherr, sprach tief erschüttert am offenen Grab. Peter, so sagte er, war ein fleißiger Lehrling, diszipliniert und lernfreudig, und es sei ein grausamer und böswilliger Akt des Schicksals, dass er so früh durch fremde Hand sein Leben verloren hatte. Abschließend verkündete er, dass Peters Eltern, die Verwandtschaft und alle Braukollegen auf seine Kosten zum Totentrunk in sein Schankhaus eingeladen seien.

Nach dem Begräbnis trat Bürgermeister Fleischhackher an Windprechtinger heran.

„Ist dir etwas besonderes aufgefallen?“

Der Stadtbüttel zuckt kurz mit der Schulter. „Ich weiß nicht, ob das wichtig ist. Aber die Adele Saumweber, die Tochter der Wäscherin, ist ganz weit hinten gestanden, hat sich auf einen Grabstein angelehnt und geheult wie ein Schlosshund. Doch ich denke, das ist normal, sie waren gleich alt und gingen gemeinsam zur Schule! Man sollte das nicht überbewerten! Sonst ist keiner aus der Schar herausgestochen und wenn der Mörder wirklich anwesend war, dann hat er sich jedenfalls nichts anmerken lassen!“

***

Bürgermeister Fleichhackher jedoch fand diese Meldung interessant. Also ging er am nächsten Tag sofort in die Eisenhandlung Grienpöckh. Adele war dort Lehrling im zweiten Lehrjahr. So erstand er zehn eiserne Mauerhaken und nahm Adele zur Seite.

„Warum hast du gestern bei Peters Beerdigung so herzerweichend geweint, standet ihr euch so nahe?“ wollte er von ihr wissen.

Sie blickte sich scheu um, doch es war sonst niemand im Laden. Ihre Wangen waren rot angelaufen und die Augen schimmerten feucht. Doch sie blieb stumm.

„Du willst doch auch, dass wir Peters Mörder finden, oder nicht? Für die Ermittlung kann jede Kleinigkeit wichtig sein, das wirst du doch verstehen. Wenn du mit der Sprache nicht herausrückst, dann kann dich der Richter offiziell vorladen!“

Stockend, im Flüsterton, stand sie nun dem Bürgermeister Rede und Antwort. Schließlich war er eine Respektsperson und sie nur ein junges, dummes Mädchen, das in der Eisenhandlung mithalf.

„Peter und ich kennen uns seit Kindertagen und wir haben uns immer schon gemocht. Er war immer so nett zu mir, und wir haben uns verliebt. Mein Vater hat uns im Heu erwischt, bevor noch etwas passieren konnte. Vor lauter Wut hat er den Peter verdroschen und ihm mit dem Umbringen gedroht, wenn er seine Hände nicht von mir lässt. Mir aber hat er erklärt, welch ein kostbarer Schatz die Jungfräulichkeit für ein Mädchen ist. Ohne diese würde er keinen Mann für mich finden!“

„Würdest du deinem Vater einen Mord zutrauen“ wollte Fleischhackher von ihr wissen.

Sie begann wieder zu weinen.

„Nein, der hat den Peter sicher nicht umgebracht. Denn der ist an dem Tag, an dem Peter verschwunden ist, mit einem heftigen Gichtanfall im Bett gewesen, das weiß ich noch ganz genau, und das können meine Mutter und ich bezeugen!“

Der Bürgermeister bezahlte die zehn Mauerhaken, sicherte dem Mädchen absolute Vertraulichkeit zu und entfernte sich rasch. Er wollte mit ihr nicht gesehen werden, um ja der Gerüchtebörse keinen Anlass zu bieten. Die ganze Stadt war verständlicherweise in Aufruhr und der Mord an dem Braulehrling in aller Munde. Jeder hatte scheinbar einen Verdächtigen im Ärmel und Vermutungen und Beschuldigungen waren für manche schnell zur Hand. Und man würde sich fragen, was denn um Gotteswillen so wichtig war, dass der Bürgermeister am Tage nach der Beerdigung so ein intensives Gespräch mit Adele geführt hatte. Noch am selben Tag besprach er sich mit dem Richter.

„Du solltest den Michel Saumweber dazu befragen. Ich kann mir zwar beim besten Willen das mickrige Männchen nicht als Mörder vorstellen, aber sicher ist sicher. Sein Leumund ist zweifelsfrei gut. Wir sind in der Zwickmühle. Einerseits ist jeder in der Stadt an einer raschen Aufklärung interessiert, andererseits müssen wir aber vorsichtig sein und dürfen keinen Aufruhr riskieren! Unsere Leutchen sind verunsichert, keiner hat so etwas schon erlebt, und Angst macht sich breit! Jeder fragt sich, wer denn der Mörder sein könnte und jeder hofft, dass es ein Fremder war und keiner, den man kannte! Wer will denn schon in einer Stadt leben, in der ein Mörder frei herumläuft!“

Richter Rueßwurmb versprach ihm, die Ermittlungen so behutsam zu führen, wie es nur möglich war. Doch ganz ohne Aufregung, bekräftigte er, werde dies kaum möglich sein!

Michel Saumweber, der neben seiner Arbeit in der Hammerschmiede am Fluss in der kargen Freizeit noch Tauben züchtete und absolut nicht wie ein Mörder aussah, bestätigte dem Richter sofort, dass er Peter Schuster verprügelt hatte.

„Ich war zornig, euer Ehren, als ich die beiden erwischte, wie sie sich halbnackt im Heu gewälzt hatten! Das Mädchen ist noch nicht einmal sechzehn und entblößt bereits ihre Brust! Natürlich habe ich dem Burschen verboten, sich mit meiner Tochter noch einmal zu treffen. Sie ist hübsch, gut gewachsen und ich habe sie dem Müller schon als Frau für seinen Sohn versprochen! Der ist zwar zehn Jahre älter als sie, aber wohlhabend, und kann ihr ein sorgenfreies Leben bieten. Und irgendwann im Lauf der Zeit wird sich schon noch die Liebe einstellen!"

Richter Rueßwurmb nickte kurz und stellte die alles entscheidende Frage.

„Und, Michel Saumweber, habt ihr den Peter Schuster umgebracht, ja oder nein! Mit einem Geständnis würdet ihr euch die schmerzhafter Tortur ersparen!"

Saumweber hob die rechte Hand zum Schwur.

„Euer Ehren, ich schwöre bei Gott dem Allmächtigen, dass ich den Peter Schuster nicht umgebracht habe!"

Nun wandte sich der Richter an die andern Herren des Ausschusses für die Untersuchung der Geschehnisse. Ihm gehörten noch der Bürgermeister, der Stadtbüttel und Stadtschreiber Zwickhennagl an. Dieser war für das Protokoll der Vernehmung zuständig.

„Ich glaube dem armen Mann, seine Erklärung klingt plausibel!"

Caspar Brandtner, Lehrling im Hofbräuhaus, war der nächste Geladene.

„Caspar Brandtner, schwörst du bei Gott dem Allmächtigen, hier die Wahrheit und nichts als die Wahrheit zu sagen?"

Caspar hob die Hand zum Schwur.

„Ich schwöre es bei Gott dem Allmächtigen!"

„Du hast bei der Vernehmung, unmittelbar nachdem Peter Schuster verschwunden war, gesagt, dass du nach dieser schändlichen Prügelei vor der Kirche dem Mordopfer nicht böse warst, stimmt das! Ja oder nein?"

Caspar Brandtner bestätigte dies von neuem.

„Hast du mit dem Verschwinden von Peter etwas zu tun?"

„Nein, Euer Ehren!"

„Bist du der Mörder Peter Schusters, hast du ihn umgebracht, sei es im Affekt oder mit Vorbedacht?"

„Nein, euer Ehren, ich schwöre es. Ich mag zwar ein wenig jähzornig sein, doch ich bin kein Mörder! Ich bin ein ehrenwertes Mitglied unserer Zunft und meinem Eid verpflichtet!"

„Du darfst dich nun entfernen, aber wir werden dein Alibi in jener Nacht überprüfen. Gib dem Schreiber die Namen deiner Freunde an, mit denen du damals Karten gespielt hast. Glaube ja nicht, dass du damit jetzt aus dem Schneider bist, hast du mich verstanden?"

Caspar Brandtner nickte und verließ aufatmend den Raum.

Andre Preuer, Braugeselle im Hofbräu, kam als Nächster an die Reihe. Schließlich war er der einzige Schwerverletzte bei dieser Rauferei gewesen. Seine Verletzung an einer außerordentlich schmerzhaften Stelle, die noch dazu seine Männlichkeit in Frage gestellt und ihm den Hohn und Spott der ganzen Stadt eingebracht hatte, wäre durchaus ein geeigneter Nährboden für einen Mord gewesen. Doch auch er wies jede Beteiligung an dem Mord von sich.

Richter Rueßwurmb schloss die Verhandlung und zog sich mit dem Bürgermeister, dem Stadtbüttel und dem Stadtschreiber zu einer Besprechung zurück.

„Es ist zum Haare raufen" meinte der Richter. „Wir haben, außer dem Mordopfer selbst, keinerlei Beweise für den Mord in der Hand. Alle Vorgeladenen geben sich als Unschuldslämmer. Solange wir keine Beweise haben können wir keine Anklage erheben. Wir kennen weder den Ort des Mordes, noch die Tatwaffe. Runde Holzprügel finden sich überall. Deshalb werde ich einen weiteren Schritt setzen und alle Häuser in Weitra durchsuchen lassen. Windprechtinger, ihr werdet gemeinsam mit einem der Stadtknechte die Anwesen von Brandtner, Saumweber und Preuer genau ansehen. Legt euer Augenmerk auf alle runden Holzgegenstände, die in Frage kommen. Durchsucht die Häuser und Nebengebäude, überlegt euch, wo ihr so eine Mordwaffe verstecken würdet. Öffnet alle Schränke und Truhen, schaut unter die Betten, dreht das Heu um, stellt die Buden auf den Kopf. Achtet auf lose Fußbodenbretter, klopft die Wände sorgfältig auf der Suche nach Hohlräumen ab. Geht gründlich vor, und wenn ihr irgendetwas findet, was sich als Mordwerkzeug eignen würde, dann nehmt es mit! Das Mordopfer hat bei den Schlägen viel Blut verloren, achtet auf alles, was einem Blutfleck ähnlich sieht!"

Nur im Hause Brandtner fand man im Hasenstall einen Holzstecken, auf dem Haare und eingetrocknetes Blut klebten. Der alte Brandtner schwor hoch und heilig, dass er mit diesem nur die Kaninchen erschlug. Medicus Fuchs stellte dazu fest, dass es tatsächlich Haare vom Fell eines Kaninchens wären, damit zerschlug sich auch dieser Verdacht. In den anderen zwei Häusern fand sich nichts, was infrage gekommen wäre. Nun lud der Richter die beiden Torwächter und den Nachtwächter nochmals vor.

„Zerbrecht euch eure Köpfe, meine Herren, denkt zurück an die infrage kommende Nacht. Sind euch damals verdächtige Gestalten aufgefallen, fremde Gesichter, Zigeuner, Bettler, Randalierer oder Herumtreiber? Der Peter Schuster ist sicherlich noch am selben Abend erschlagen worden, es gibt bis jetzt keinen Hinweis, dass er für ein paar Tage wo gefangen gehalten worden ist. Die Tat muss zwischen sechs Uhr abends und Mitternacht geschehen sein. Stellt euch diese Nacht bildlich vor. Gab es irgendwas, was aus dem Rahmen fiel? Ungewöhnlich, anders war als sonst? Geräusche, Schreie, Personen, die sich vor euch verstecken wollten? Irgendwer, der nicht dahin gehörte, wo er sich gerade befand? Der sich verdächtig verhielt?"

Die beiden Torwächter konnten sich an nichts erinnern. Nachtwächter Zötterpauer kratzte sich am Kopf und tat so, als würde er ausnahmsweise einmal nachdenken.

„Mir ist gerade noch was eingefallen. Ich bin in jener Nacht in der Oberen Zeile marschiert, da ist der alte Steinbrecher gegen Mitternacht volltrunken aus dem Städtischen Brauhaus getorkelt. Hat vor sich hin gegrölt, ist dann stocksteif umgefallen. Ich habe ihn weiter beobachtet, aber keinen Grund gesehen, ihn anzuhalten. Ein paar Minuten später hat er sich mühsam aufgerappelt und ist langsam Richtung Untere Landstraße weiter marschiert. Kurz darauf habe ich gehört, wie er sein Hoftor zugeknallt hat. Aber er hatte keinen Stecken oder sonst eine Mordwaffe in der Hand!“

Für den Richter war die Sache damit erledigt. Steinbrecher gehörte dem Inneren Rat an, und seine Integrität stand außer Zweifel. Wenn er hin und wieder ein paar Krüge Bier zu viel trank, dann war das seine Sache. Und wenn man in Weitra alle Betrunkenen einsperren möchte, dann wäre der Gemeindekotter viel zu klein!

***

Richter Rueßwurmb war verwitwet. Seine Frau war vor drei Jahren an Drüsenfieber erkrankt und nach ein paar Tagen verstorben. Seitdem lebte er allein in dem großen Haus am Stadtplatz, wo die Kirchengasse begann. Sein Vater war Viehhändler gewesen und hatte es dabei zu Wohlstand gebracht. Als einziges Kind hatte Leopoldt Geld, Haus und Grundbesitz geerbt. Felder und Wiesen hatte er verpachtet, den Wald Richtung Spital den Maltesern verkauft. Sein Reichtum war ebenso legendär wie sein Geiz. Dreimal in der Woche kam eine Frau, welche ihm auch die Wäsche wusch und seine Hemden so lange flickte, bis sie nur mehr als Putzlappen taugten. Von Natur aus misstrauisch, traute er wahrscheinlich nicht einmal sich selbst. Lediglich dem Bürgermeister und seinen Nachbarn Eisenpeck vertraute er.

Nächtelang saß er bei Kerzenlicht über seinen Büchern, bis seine Augen brannten. Immer wenn er einen Gerichtsfall zu behandeln hatte, ging er unruhig in seiner großen Stube rastlos hin und her. So wie jetzt im Falle des ermordeten Peter Schuster und er machte sich Gedanken über die Rechtmäßigkeit des Rechts. Wenn das Mordopfer ein Vagabund, ein Fremder, ein Zigeuner gewesen wäre, hätte man seinen Leichnam einfach dem Abdecker übergeben. Dieser hätte ihn dort verscharrt, wo man die toten Tiere hinbrachte, die an einer Viehseuche verendet waren. Für seine Arbeit wäre dem Abdecker die Kleidung des Toten zugestanden, so wie bei den Erhängten. Doch waren nicht alle Menschen gleich vor Gott und damit auch gleich vor dem Gericht? War ein Vagabund oder ein Zigeuner weniger wert als ein Braulehrling? Keinem Richter, keinem Bürgermeister, keinem Stadtbüttel wäre es jemals eingefallen, über dessen Ermordung zu ermitteln. War das gerecht? Seine vorschnelle Reaktion auf des Nachtwächters Bericht über den betrunkenen Steinbrecher stimmte ihn nun ebenfalls bedenklich. Nur weil dieser ein Ratsherr war, stand seine Rechtschaffenheit außer Frage? Ratsherren mordeten nicht? Wurden wirklich nur lautere Bürger in den Rat gewählt? Gab es da wirklich keinen, der eine Leiche im Keller versteckt hatte? Hütete nicht jeder Mensch irgendein dunkles Geheimnis? Waren tatsächlich alle Ratsherrn mit dem Stempel der Ehrbarkeit versehen? So manch ein Königsprinz hatte seinen Bruder umgebracht, wenn dieser den Thronsessel des Vaters seiner Meinung nach unrechtmäßig beanspruchte. Die Geschichtsbücher waren doch voll damit. Solch ein Mörder war meist durch seine unangreifbare

Stellung geschützt, niemand hätte sich getraut, Anklage zu erheben oder als Zeuge seiner Tat aufzutreten. So gesehen war es ein Glück, dass Peter ein Brauer aus der Stadt war, denn wenn er Lehrling im Hofbrauhaus gewesen wäre, dann hätte sich die Schlossherrin schon längst in den Fall eingeschaltet und Druck auf ihn, den Richter, ausgeübt.

Denn mit der Verpfändung der Herrschaft an Hans Lasla von Prag und Windhaag begann eine Kette von Auseinandersetzungen zwischen der Stadt und der Herrschaft. Aufgrund komplizierter Rechtsverhältnisse – die Stadt gehörte wohl zum Herrschaftsurbar, besaß aber landesfürstliche, die Selbstverwaltung garantierende Privilegien und entrichtete die Steuern unmittelbar ins Vizedomamt.

Dadurch entstanden zahlreiche Unsicherheiten, die der Entscheidung der Regierung und der Kammer bedurften. Der Stadtrichter war mit dieser vertrackten Sachlage vertraut und deshalb bemüht, nicht unnötig mit denen da oben anzuecken. Insgeheim hoffte er, dass in diese Bluttat niemand von der Herrschaft verstrickt war.

Rueßwurmb war ratlos. Der Fall Schuster war verzwickt. Der Ort des Mordes war unbekannt, das Mordwerkzeug unauffindbar. Es gab keine Zeugen und den drei Verdächtigen konnte man nichts nachweisen. Und das mit den Zeugen war auch so eine Sache. Um eine Verurteilung zu erwirken, musste man nach dem Recht mindestens drei Zeugen finden, die bereit waren, gegen den Mörder auszusagen. Diese aber mussten die Bürgerrechte besitzen, durften keinen unehrlichen Beruf ausüben (Totengräber, Henker, Huren usw.), mussten noch dazu ehelich geboren sein und eine ehrbare Stellung in der Gesellschaft ausüben.

Wie also, um Gotteswillen, sollte dieser Mord unter diesen Gesichtspunkten jemals aufgeklärt werden?

Er war ja nicht nur für die Stadt, sondern auch für die vier Landgerichtsbezirke im erweiterten Umkreis zuständig. Dieses riesengroße Gebiet erstreckte sich vom Freiwald an der Grenze zu Oberösterreich bis zum Oberrosenauerwald knapp vor Zwettl. Bislang hatte er es nur mit kleineren Vergehen wie Diebstählen, Raufereien, Wilderei, Grenzsteinversetzungen, Erbstreitigkeiten, Ehebruch, Verleumdungen, Beleidigungen und ähnlichen Strafsachen zu tun gehabt. Diese Vergehen hatte er alle mittels Gesetzbüchern, Strafenkatalogen und Hausverstand mehr oder weniger gut gelöst, doch mit einer solchen Bluttat war er nun an der Grenze seiner Möglichkeiten angelangt. Und er, Leopoldt Rueßwurmb, wohlbestellter Stadtrichter von Weitra, stand im Mittelpunkt öffentlicher Interessen. Sein Ehrgeiz war brennend, die Herausforderung riesengroß. Er wollte und musste Mittel und Wege finden, um den Mord an Peter Schuster aufzuklären! Deshalb verbrachte er ganze Nächte an seinem Schreibtisch im Wohnzimmer, grübelte vor sich hin ob all der Fragen, zu denen ihm die Antworten fehlten.

Doch in der Öffentlichkeit ließ sich der Richter nichts anmerken von den vielen Zweifeln, die ihn quälten. All jenen, die ihn bezüglich der Aufklärung des Falles mit Fragen bombardierten, versprach er mit einem Ausdruck süffisanter Selbstzufriedenheit, bis zum Jahresende den Mörder zu finden. Er war es schließlich, der für Recht und Ordnung zu sorgen hatte, und so zog er sich diplomatisch immer wieder aus der Affäre. Seine Position schien unantastbar. Schließlich verfügte er über jene subtilen Mitteln der Diplomatie, die man nur durch Intelligenz und Instinkt erlangen konnte!

-9-

Eine Woche vor Weihnachten begann es heftig zu schneien. Innerhalb weniger Stunden waren Gassen und Straßen unpassierbar. Heftiger Wind fegte riesige Schneemassen über das Land und das Leben kam zum Stillstand. Teiche und Bäche froren zu, und die Holzschindeln auf den Dächern stöhnten laut ächzend unter dem Druck des Schnees. Die demütigende Rücksichtslosigkeit des plötzlichen Wintereinbruches lenkte die Gedanken der Menschen weit weg von denen rund um den geheimnisvollen Mord an Peter Schuster. Die majestätische Grausamkeit der Natur nahm ihren Lauf. Lähmung und Erstarrung machte sich breit. Die Landschaft rund um die Stadt lag stumm eingebettet in der eisigen Kälte.

Man war wieder mehr mit sich selbst beschäftigt, musste den Ofen warm halten, den Weg vom Haus bis zur Straße kehren und darauf achten, dass das Vieh die Kälte überstand. Weh dem, der nicht für genug Brennholz vorgesorgt und seine Vorratskammer nicht rechtzeitig aufgefüllt hatte. Das Leben in Weitra ging zwar weiter, aber in einer beschaulichen Behäbigkeit. Die müde Melancholie versunkener Zeiten blickte aus den Mauerlöchern und erlaubte keinem das Gefühl mehr zu sein, als im zustand.

Doch ausgerechnet der Abend vor dem Christtag versetzte die Weitraer in Angst und Schrecken. Georg Zwickhennagl hatte seinem Schwager Preuer spätabends, so wie jedes Jahr, einen der köstlichen Weihnachtsstollen gebracht, für die seine Frau weithin berühmt war. Natürlich kam er nicht umhin, mit Andre Preuer den kräftigen Weihnachtsbock der Herrschaftsbrauerei zu verkosten. Der zweite Krug war ihm zu viel geworden und so schwankte er leicht, als er um neun Uhr abends aufbrach. Er ging durch die Untere Zeile zur Kirchengasse, wo er wohnte. An der Ecke bemerkte er ein Bündel Kleider, dick vom Schnee bedeckt. Als er sich bückte und es aufheben wollte, erschrak er. Denn das Bündel war schwer und so putzte er den Schnee darüber weg. Am ganzen Körper zitternd erkannte er, dass hier ein Mensch lag, leblos und tot. Erst als er den Körper zur Seite drehte, blickte er in die schreckhaft geöffneten Augen des Braugesellen Vinzenz Sailler. So rasch es sein Zustand gestattete, eilte er die Kirchengasse hinauf bis zum Hause des Richters. Wild riss er an der Glocke, bis sich im ersten Stock ein Fenster öffnete und der Richter hinunter sah.

„Euer Ehren, wir haben schon wieder einen toten Brauer“ stammelte er hervor. „Diesmal hat es den Sailler erwischt! Er liegt unten an der Ecke zur Unteren Zeile und er ist tot, mausetot!“

„Ich hole schnell meinen Mantel und komme gleich hinunter. Er aber verständige einstweilen den Medicus und den Bürgermeister!“

So rasch er konnte, eilte der Richter an die besagte Stelle und erkannte im ersten Moment, dass der Mann tatsächlich tot war. Eine halbe Stunde später kam Zwickhennagl zurück mit Bürgermeister und Arzt im Schlepptau. Der Medicus untersuchte den Braugesellen flüchtig.

„Die gleiche Waffe, vermutlich derselbe Täter. Ein paar wuchtige Hiebe auf den Hinterkopf, wo einer genügt hätte. Mit viel Zorn und Wut und Kraft ausgeführt. Der Täter muss sein Opfer gekannt haben, es war scheinbar eine sehr persönliche, sehr emotionale Tat. Lasst ihn ins Beinhaus bringen, dort werde ich ihn mir morgen in Ruhe noch einmal anschauen.“

Bürgermeister und Stadtschreiber übernahmen diese Aufgabe, sie wollten nicht unnötiges Aufsehen erregen. Der anschließende Gang zur Familie des Toten war übel genug, Fleischhackher tat sich immer schwer, wenn er eine Todesnachricht überbringen musste, noch dazu so kurz vor Weihnachten. Sailler hatte zwei kleine Buben, einer acht Jahre alt, der andere sechs. Sie waren sein ganzer Stolz und er war ihnen stets ein guter Vater gewesen. Hildegard Sailler, seine Frau, war einer Handvoll Eingeweihter wiederum für ihre Heilkünste berühmt. Sie kannte jedes Heilkraut und verstand sich auf die richtige Anwendung. Eine tatkräftige Frau, die mit beiden Beinen fest am Boden stand und nicht so leicht zu erschüttern war. Doch die Nachricht vom Tod ihres Mannes war zu viel, sie brach ohnmächtig zusammen. Der Bürgermeister spritzte ihr eine Handvoll kaltes Wasser ins Gesicht und tätschelte ihre Wangen, bis sie wieder die Augen aufschlug.

„Wie soll es jetzt nur weitergehen, wenn der Vinzenz nicht mehr da ist, wie soll ich meinen Kindern erklären, dass ihr Vater nicht mehr nach Hause kommt" stieß sie mühsam hervor, „warum ausgerechnet mein Vinzenz, er hat doch nichts Böses getan?"

Fleischhackher versprach ihr die Unterstützung der Gemeinde, mehr konnte er nicht tun, so leid es ihm auch tat!

So wurde das Weihnachtsfest im Jahre 1549 kein Fest der Freude in der Stadt. Resignation machte sich breit, und so mancher deutete den Mord an Vinzenz Sailler als Omen für ein Werk des Teufels. Zwei Morde innerhalb weniger Tage hatten Unheil über die Menschen gebracht, und der Pfarrer predigte zum wiederholten Male vom Wolf im Schafspelz, von den schlechten Sitten und von der Schmähung des echten christlichen Glaubens. Womit er auch seinen Unmut wegen des stetigen Aufstieges des Protestantismus kund tat!

Bleierne Müdigkeit legte sich über die Stadt. Die Leute verkrochen sich in ihre Häuser, nicht nur der Kälte wegen. Angst hatte sich in ihren Köpfen eingenistet, eine Angst vor Dämonen, eine archaische Angst, eine Angst, die man nicht erklären, sondern nur fühlen konnte. Nackte, pure Angst und Anspannung bemächtigte sich der Menschen wie eine unheilbare Krankheit. Hatte sich die Stadt versündigt in ihrem Streben nach Reichtum und Gewinn? War es eine Strafe Gottes, da immer mehr Menschen der Kirche ihren Rücken kehrten? Oder waren außerirdische Kräfte am Werk, die verantwortlich waren, dass plötzlich Angst und Schrecken die Stadt und ihre Bewohner meuchlings überfiel? Urzeitlicher Aberglaube steckte noch immer in den Köpfen der kleingläubigen Menschen und manche wollten gar untrügliche Zeichen für den bevorstehenden Weltuntergang gesehen haben.

Weder der Stadtrichter, noch der Bürgermeister waren abergläubisch. Für sie stellten sich zwei andere Fragen. Wer trieb sein Unwesen als Mörder in der sonst so beschaulichen Stadt, und warum waren beide Opfer Bierbrauer aus der Stadt? Peter Schuster war Lehrling in der kleinen Brauerei von Hans Eisenpeck, Vinzenz Sailler Braugeselle im Städtischen Brauhaus gewesen. Mit Sicherheit war es ein und derselbe Täter. Wo aber lag die Verbindung zwischen den beiden Opfern? Was hatte es mit dem Brauen zu tun? Konkurrenzdruck, Geschäftsneid, Streitigkeiten innerhalb der Brauzunft? Bier war schlechthin das Volksgetränk ersten Ranges und die Zeiten des Gruitbieres, dem man als Geschmacksaroma verschiedene Kräuter beimischte, war längst vorbei, denn diese waren vom Hopfen abgelöst worden. Hopfen aber wirkte beruhigend und Biertrinker schliefen normalerweise mit einem Rausch eher ein, bevor sie randalierten.

Nun aber musste man der Sache auf den Grund gehen. Waren die beiden zufällig zum Opfer geworden, oder hatte sie der Mörder bewusst ausgewählt, da sie beide Bierbrauer waren? Sollten tatsächlich die ständigen Streitigkeiten zwischen den bürgerlichen und der herrschaftlichen Brauerei der Grund dafür sein? Dem Richter wurde ganz schlecht bei dem Gedanken, sich mit den Leuten von der Burg hoch über der Stadt herumschlagen zu müssen.

Am Stefanitag trat nach alten Herkommen der Gemeinderat zusammen. Da ging es um die Vorhaben für das kommende Jahr, um Finanzierungsmöglichkeiten, um Bestätigung neuer Verordnungen und die Punkte, die eine Gemeindeverwaltung eben zu tun hat. Doch diesmal standen die beiden Morde im Mittelpunkt der Diskussion.

„Gibt es neue Erkenntnisse in den beiden Mordfällen?“ stellte Ratsherr Paul Khirschner die erste Frage.

„Im Prinzip nicht“ konterte der Bürgermeister, „es gibt aber Parallelen. Beide sind mit einem schweren Holzprügel erschlagen worden und beide sind Bräuer. Es gibt bislang keine Zeugen, die etwas gesehen oder gehört haben. Die drei anfänglichen Verdächtigen haben ihre Unschuld beweisen können und bei den Durchsuchungen der Häuser wurden auch keine Beweise sicher gestellt!“

Die nächste Wortmeldung kam vom Baumeister Andre Khalcher. „Die beiden Morde haben Angst und Schrecken über unsere Stadt gebracht. Die Leute sind verständlicherweise geschockt, die Straßen sind so gut wie leer und das öffentliche Leben ist zum Stillstand gekommen. Die Aufklärung dieser Morde hat absolute Priorität, damit das Leben wieder weiter geht.“

Der Bürgermeister nickte.

„Die Leute sind verunsichert, jeder misstraut dem anderen, und das ist durchaus verständlich. Keiner weiß, wer der Mörder ist, aber wir wissen alle, dass er unter uns lebt! Es könnte sein, dass wir ihm jeden Tag begegnen, sei es auf der Straße, beim Einkauf in der Brotbank oder beim Messopfer in der Kirche! Diese Ungewissheit lähmt die Gesellschaft in einer so kleinen Stadt wie Weitra, wo eben jeder jeden kennt und jeder von jedem alles wissen zu glaubt. Aber wie sieht ein Mörder aus, trägt er etwa das Kainsmal auf der Stirn, unterscheidet er sich von den anderen, den anständigen Bürgern? Sicherlich nicht und genau das macht die Suche nach ihm so schwer! Das Außergewöhnliche kann sehr gewöhnlich ausschauen! Es gibt vielerlei Motive, die aus einem scheinbar normalen Menschen einen Mörder machen, wie Hass, Eifersucht, Machtanspruch, Neid, Gier, verletzte Ehre, Erbstreitigkeiten und noch hundert andere mehr! So lange wir aber nicht das Motiv kennen, werden wir auch den Mörder nicht finden! Die einzige Gemeinsamkeit, die es in diesem Falle gibt ist die, dass beide Brauer waren. Das kann Zufall sein oder auch nicht. Da muss mehr dahinterstecken, aber was? Wer hat etwas davon, dass Schuster und Sailler nun nicht mehr unter uns weilen? Wer zieht aus ihrem Tod einen Nutzen?"

Hans Eisenpeck, Zunftmeister der Bräuer und dem Äußeren Rat zugehörend, kam als nächster Sprecher an die Reihe.

„Verehrter Herr Bürgermeister, hoch verehrte Herren des Rates. Ich möchte im Namen meiner Braukollegen aus der Stadt feststellen, dass wir sehr, sehr beunruhigt sind. Es hat zwei Morde gegeben, beide waren Bräuer aus der Stadt. Unserer Meinung nach kann das kein Zufall sein, die beiden Mordopfer sind bewusst ausgewählt worden. Nun drängt sich die Frage auf, warum! Es hat in den letzten Jahren zahlreiche Verstöße gegen das Recht von 1321 gegeben. So sind im Umkreis einer Bannmeile verbotenerweise etliche andere Gasthäuser und Brauereien entstanden im Herrschaftsbereich, welche Anlass zu Beschwerden bei der Regierung gaben. Könnte es nicht sein, dass die beiden Verbrechen einem Rachegedanken entsprungen sind? Bier ist unser Hauptprodukt, wir können uns hier keinen Ausfall leisten. Beide Morde sind in der Nacht passiert, somit wäre es sinnvoll, wenn wir einen zweiten Nachtwächter anstellen würden, der bei den Patrouillengängen mitmacht. Vier Augen sehen besser als zwei, vier Ohren hören besser als zwei!"

Nun meldete sich Wolfgang Grienpöckh zu Wort. Der wohlhabende Eisenhändler im größten Haus am Platz, der, das war so gut wie sicher, in den nächsten Jahren Fleischhackher als Bürgermeister ablösen würde. Sein Wort hatte Gewicht unter der Ratsherrn.

„Ich halte Eisenpecks Vorschlag für eine gute Idee. Aber auch wir Ratsherrn sollten unser Scherflein für die Sicherheit unserer Stadt leisten. Was ist, wenn wir uns selbst in Gruppen organisieren würden und einen Monat lang Streifzüge innerhalb der Mauern unternehmen. Ich wäre sofort dabei!"

„Du meinst also, wir sollen so eine Art Bürgerwehr aufstellen? Dazu benötigen wir die Erlaubnis unseres Landesherrn, außerdem kostet es viel Geld", entgegnete der Bürgermeister.

„Nein, so habe ich es nicht gedacht. Wir brauchen keine

Uniformen und Waffen. Unsere Anwesenheit würde wahrscheinlich schon genügen, um eine weitere Tat zu verhindern. Ich bin nach wie vor der Ansicht, dass der Täter unter den Einheimischen zu finden ist und unsere Vorkehrungen beobachtet!“

Der Bürgermeister bekräftigte Grienpöckhs Ansicht. „Wir werden für vorerst einmal einen Monat einen zweiten Nachtwächter einstellen. Außerdem werden wir selbst auf Patrouille gehen, auf die Art der Brandwache, wie wir es schon vor einigen Jahren getan haben. Jeder von uns soll mindestens zwei, besser noch drei ehrenwerte Bürger auftreiben, die mitmachen. Ideal wäre eine Schicht von jeweils vier Männer von zehn Uhr nachts bis zwei Uhr und die andere von zwei Uhr bis sechs Uhr morgens, wenn die Tore wieder aufgesperrt werden.“

Nachdem das alte Jahr bereits in seinen letzten Zügen lag, einigte man sich darauf, diese Sicherheitsgruppen mit Beginn des neuen Jahres einzusetzen.

-10-

Am 27. Dezember wurde Vinzenz Sailler unter großem Anteil der Bevölkerung zu Grabe getragen. In den nächsten Tagen überrollte eine Welle von Hilfsbereitschaft die Familie Sailler. Kleidung für die Kinder wurden gesammelt und jeder gab, was Speisekammer und Vorratskeller entbehren konnten. Die Brauzunft spendete eine stattliche Summe aus der Zunftkasse, sogar Engelburg von Prag und Windhaag fuhr mit dem Pferdeschlitten vor und stellte sich mit einer großzügigen Spende ein. Außerdem versprach sie der armen Hildegard, dass die Herrschaft das Brennholz für den Winter kostenlos geben würde. Diese war dankbar für alles, doch nichts konnte ihr den Mann ersetzen, nichts würde jemals wieder so sein, wie es gewesen war.

Hans Eisenpeck liebte den Winter. Die klare Luft, die reduzierten Farben, die Stille im Wald, hatten es ihm angetan. In der Brauerei und im Schankhaus war jetzt nicht viel los, und so zog er seine festen Stiefel an, den Überrock über und marschierte der Lainsitz entlang durch das Tal bis Schützenberg. Nach den ersten Schritten fühlte er sich frei, und bald schien es ihm, als ob der kalte Wind seine Gedanken ordnen, seine Hirnwelt wieder besser funktionieren würde. Die letzten Wochen waren anstrengend, ja beinahe chaotisch gewesen. Der Mord an seinem Lehrling hatte ihn tief getroffen, er hatte Peter gemocht mit seiner überschäumenden Fröhlichkeit. Er war fleißig und diszipliniert und wäre sicher ein guter Brauer geworden. Seine Arbeit war nun ihm zugefallen, denn er hatte es noch nicht übers Herz gebracht, einen neuen Lehrling aufzunehmen. Nun machte er sich Sorgen, wie es weitergehen würde. Mit ihm. Mit der Zunft. Er war stets froh darüber gewesen, hier in dieser kleinen Stadt leben zu dürfen. Immerhin war es die älteste Braustadt Österreichs, denn 1321 hatte König Friedrich der Schöne der Stadt Weitra eine Reihe von Freiheiten und Privilegien, darunter auch die des Bierbrauens, verliehen.

Und er, Hans Eisenpeck, wurde 1531 als junger Braumeister zum allerersten Zunftmeister gewählt! Das hatte ihn mit Stolz erfüllt, und seither hatte er sich mit aller Kraft der Pflege des guten Bieres und den Belangen der Zunft gewidmet. Schließlich war Bier ja nicht irgendein Getränk, sondern, in Maßen genossen, ein sehr gesundes. Ein wahrer Jungbrunnen eben. Bis vor kurzem wenigstens, bis es für zwei von den Bräuern tödlich wurde. Eisenpeck war nicht abergläubisch, er war sich völlig bewusst, dass hinter den Morden keine Teufel, Dämonen oder böse Geister steckten, sondern dass Grund und Ursache dafür menschlicher Natur waren. War es gar ein Kollege, der Peter und Vinzenz auf dem Kerbholz hatte? Könnte es sein, dass ein Brauer einen anderen tötete? Warum? Aus Eifersucht, Neid, gekränkter Eitelkeit? Könnte tatsächlich eingetreten sein, was er und der Bürgermeister bereits vermuteten, aber nie auszusprechen vermochten – dass hinter den Morden irgendwer von der Herrschaft steckte?

Urplötzlich, als er schon fast in Schützenberg war, riss der graue Himmel auf, und die untergehende Sonne stand über der Hügelkette. War dies ein Zeichen, so sinnierte er vor sich hin, ein freundliches Omen, dass sich alles wieder zum Guten wenden würde? Mit einem Hoffnungsschimmer erfüllt, drehte er um und ging den alten Saumweg neben dem Fluss wieder nach Weitra zurück.

Im Jänner nahm das Leben wieder seinen gewohnten Lauf. Langsam kehrte Normalität ein. Man verrichtete seine Arbeit, kümmerte sich um die Familie, Haus und Hof und gönnte sich am Abend ein gutes Bier. Die Ermittlungen am Mord von Vinzenz Sailler gerieten ins Stocken. Der einzige, der einen Hass auf den Toten gehabt hatte, war Andre Preuer. Schließlich war Sailler an dem vorübergehenden Schaden an seiner Männlichkeit schuld gewesen. Doch Preuer hatte für den 24. Dezember ein wasserdichtes Alibi, denn er hatte seinem Schwager Zwickhennagl bis zum Abend beim Verkauf der Weihnachtskarpfen geholfen. Nicht nur sein Schwager, sondern auch viele Kunden konnten das bestätigen. Auch die Befragung von Hildegard Sailler brachte keine weiteren Erkenntnisse. Sie konnte sich an nichts erinnern, was mit dem Fall zu tun haben könnte. Ihr Mann hatte nie Angst um seine persönliche Sicherheit gezeigt, nie von irgendwelchen Drohungen gesprochen oder dass er in letzter Zeit belästigt worden war, vom wem auch immer. Es war wie verhext. Es gab keine Spuren, keine Zeugen, so wie beim Tod von Peter Schuster auch.

Die Zeit heilt alle Wunden, sagt man. So auch in diesem Fall. Der Alltag kehrte zurück, es gab andere Gesprächsthemen und irgendwann rückten die beiden Mordfälle in den Hintergrund. Für Richter Rueßwurmb waren die Ermittlungen abgeschlossen. Man hatte getan, was möglich war, und nichts war dabei herausgekommen. Niemand hatte sich verraten oder gar ein Geständnis abgelegt. Die nächtlichen Patrouillen waren ergebnislos geblieben.

***

Der Winter ging vorüber, der Frühling zog ins Land. Die Bauern bearbeiteten ihre Felder, die Hausfrauen ihre Gärten, und die Brauer brauten wie gewohnt ihr gutes Bier. Die Tage wurden länger, man verlegte das Leben nach draußen, und die Luft war erfüllt von Lauten gedämpfter Heiterkeit. Alles war gut!

Der Markt zu Peter und Paul am 29. Juni 1550 war ein großer Erfolg. Scharen von Schaulustigen drängten durch die Gassen und delektierten sich an dem Überangebot an Waren: Irdene Töpfe und kupferne Pfannen, Hausrat und Werkzeug, schöne Stoffe, modische Kleidung für vornehme

Bürger aus Samt und Seide, teure Pelze und schwere Loden, Hüte und sonstige Kopfbedeckungen, Schnallenschuhe und Holzschlapfen, Schafwollsocken und billige Kleidung aus grober Wolle, aber auch allerlei unnützer Tand. Kinder jeglichen Alters belagerten die Stände mit Holzspielzeug und Süßigkeiten, die sich freilich nicht alle leisten konnten. Garküchen boten ihre Speisen an, eine Vielzahl an Gerüchen, angenehm oder nicht, lag in der Luft. Exotische Gewürze wurden angeboten, teuer und exquisit, aus fernen Ländern, die sich die meisten der Gaffer nicht einmal in ihrer Fantasie vorstellen konnten. Alles war da, ob man es brauchte oder nicht.

Nicht nur Händler und Kaufleute hatten ihre Stände und Hütten am Platz aufgestellt, sondern es gab auch eine Reihe von Belustigungen. Fahrende Musikanten spielten auf, Gaukler unterhielten ein staunendes Publikum und Akrobaten zeigten ihre Künste. Kinder tanzten auf der Straße, ihre Mütter standen grüppchenweise beisammen und tratschen, was das Zeug hielt. Die Männer hatten sich an den Tischen und Bänken vor den Schankhäusern niedergelassen, tranken gutes Bier und frönten dem Kartenspiel oder würfelten. Alle, die am Getriebe des Marktes teilnahmen, ob ansässig oder nicht, waren guter Dinge und sorgten für ein buntes Gepräge. Nach Sonnenuntergang zogen Hübschlerinnen über den Platz und boten bereitwillig ihre Dienste an.

Die einheimischen Handwerker und Kaufleute durften bereits in der Woche zuvor ihre Waren anbieten, die von weither angereisten Händler erst zum Markttag selbst. Natürlich kam es dabei immer zu Streitigkeiten, da sich viele nicht an diese Regelung hielten. Stadtbüttel Windprechtinger hatte alle Hände voll zu tun, um für Ordnung zu sorgen. Immer wieder mussten er und die Stadtknechte Bettler und sonstiges Gesindel aus der Stadt weisen. Vergehen in der Zeit der Freiung wurden strenger bestraft als in normalen Zeiten.

Am Viehplatz vor dem Oberen Tor ging es ebenfalls hoch her. Da wurde gehandelt und gefeilscht, dass es eine Freude war. Die Geräuschkulisse war enorm. An allen Ecken und Enden blökten Schafe, meckerten Ziegen, krähten Hähne, wieherten Pferde. Kühe, Kälber, Ochsen, Stiere übersäten die Wiese mit stinkenden Fladen und es galt, gut auf die Füße zu schauen, damit man nicht hineintrat. Viehhändler priesen lautstark ihre Ware an, die Bauern schauten den Pferden ins Maul und den Stieren zwischen die Beine, um sich von der Qualität der Tiere zu überzeugen. Erstmals seit langer Zeit standen wieder sture Esel zum Verkauf, die mit stoischer Ruhe alle Prüfungen über sich ergehen ließen. Ein Verkauf wurde nicht nur mit Handschlag besiegelt, sondern meist auch mit einem kräftigen Schluck aus der Schnapsflasche.

Dieser Markt zum Tage der beiden Kirchenpatrone war der älteste der Stadt. Bereits am 6. Juli 1360 hatte Herzog Rudolf IV. der Stadt das Marktrecht verliehen, beginnend zu Peter und Paul, durch vierzehn Tage mit zusätzlicher Freiung acht Tage vorher. Die Freiung des Marktes bedeutete zunächst einmal, dass die zum und vom Markt Reisenden unter dem besonderen Schutz des Landesfürsten standen. Zudem herrschten während der Zeit, in der der Markt abgehalten wurde, innerhalb des Marktbezirkes ein eigenes Recht und Gericht. Die Freiung wurde mit den Glocken der Stadtpfarrkirche ein- und ausgeläutet. Die ausstellenden Händler, im Volksmund Markttandler genannt, mussten ein Standgeld entrichten. Zwei bis drei Standgeldeinnehmer, die in der Regel dem Rat angehörten, erhielten den Auftrag, dieses für die Gemeinde einzukassieren. Es musste nicht versteuert werden, sondern diente vor allem zur Instandhaltung der Befestigungsanlagen.

Der Sommer war die Zeit der Fülle. Die Bauern waren mit ihren Sicheln von früh bis spät in ihren Feldern unterwegs, um den Roggen zu schneiden und einzufahren. In den Scheunen war tagelang das Schlagen der Dreschflegel zu hören und die Mühlen entlang der Lainsitz hatten Hochbetrieb. Das Leben ging den normalen Gang im Zyklus von Aussaat, Wachstum und Ernte, Geburt, Leben und Tod, wie schon hunderte Jahre zuvor. Getreide und Heu mussten eingebracht werden, bevor starke Gewitter alles zerstörten.

***

In der ersten Septemberwoche jedoch schlug das Schicksal wieder zu. Hans Eisenpeck besaß ein kleines Feld unterhalb des Galgenbergs. Er war hinausgegangen, um nachzusehen, ob nach dem Gewitter des Vortags noch Wasser in den Furchen stand. Das Wetter war schön und er hatte alle Zeit der Welt. Auf der Landstraße nach Zwettl war die feuchte Sanddecke durch viele Wagenspuren aufgewühlt und schlammig. Er ging bereits der Stadt zu, als er hinter sich Hufgetrappel hörte. Als er sich umdrehte, bemerkte er mit schreckgeweiteten Augen, dass das Zweiergespann in raschem Tempo direkt auf ihn zuhielt. Nach einer kurzen Schrecksekunde wich er zur Seite aus, wurde aber vom hinteren Ende des ausscherenden Leiterwagens noch schmerzhaft an der Schulter getroffen und in den Graben geschleudert. Einen Moment lang blieb er reglos liegen, eine heftige Schmerzwelle ließ ihn laut aufschreien. Eine Springflut der Angst durchlief seinen Körper bis hinauf in sein Gehirn. Nun war er an der Reihe! Man hatte es auf ihn abgesehen, er war der dritte Brauer aus der Stadt, der sterben sollte! Es war sonnenklar, dass er nicht das Opfer eines Unfalls war, sondern eines gezielten Attentats!

Alles tat ihm weh, die Schulter, die rechte Hand, es war ihm nicht möglich, aus eigener Kraft wieder auf die Beine zu kommen. Er sah sich um. Halb lag er im Straßengraben, halb am Straßenrand. Das vermaledeite Fuhrwerk des Attentäters war nur mehr als kleiner Punkt vor der Silhouette der Stadt zu sehen. Kurze Zeit später näherte sich ein Wagen mit einem prächtigen Schimmel, es war Steinbrecher, der Stadtbauer aus der Unteren Landstraße. Er und sein Sohn blieben stehen, stiegen ab und glotzten auf Eisenpeck hinunter.

„Helft mir bitte auf, ich schaffe es nicht alleine, ich bin verwundet!“

„Hat dich vielleicht dieser Wahnsinnige umgefahren, der da im Höllentempo auf die Stadt zufuhr?“

„Ja“, erwiderte Eisenpeck mit schmerzverzerrtem Gesicht, „doch es war kein Unfall, sondern Mordabsicht. Der Kerl ist geradewegs auf mich zugefahren, der hätte mich umbringen wollen! Bringt mich bitte nach Hause!“

Steinbrecher und sein Sohn hoben den Schwerverletzten behutsam auf und legten ihn hinten auf den Wagen. Beim Schankhaus angelangt, trugen sie Eisenpeck in den ersten Stock in das Schlafzimmer. Seine Frau Gisela schlug die Hände zusammen, als sie das Häufchen Elend sah.

„Geht denn das schon wieder los mit der Gewalt gegen die Bräuer? Zuerst der Lehrling, jetzt der Meister?"

„Reg dich nicht auf, ich lebe ja noch" beruhigte er sein Weib. „Jetzt zieht mich bitte vorsichtig aus, und dann schickst du das Dienstmädchen zuerst zum Medicus, der muss mich wieder zusammenflicken. Dann aber sollen der Bürgermeister und der Richter zu mir kommen!"

Medicus Fuchs, untersuchte ihn gründlich, tastete ihn nach allen schmerzhaften Stellen ab.

„Du hast die rechte Schulter gebrochen, da muss ich dich schienen. Die rechte Hand ist nur geprellt, das tut zwar weh, aber bringt dich nicht um. An Beinen und Armen sind einige Abschürfungen zu sehen, aber das ist wohl das geringste Übel. Du kannst von Glück reden, dass du noch lebst. Da musst du viele Vaterunser beten!"

Eine Stunde später trafen der Richter und der Bürgermeister ein. Der Richter wollte von ihm das Ereignis genau erfahren.

„Ich bin die Zwettlerstraße vom Galgenberg heruntergegangen und hörte hinter mir Hufgetrappel. Als ich mich umdrehte, sah ich schon die beiden Pferde riesenhaft groß auf mich zukommen. Als ich dann im allerletzten Augenblick zur Seite sprang, hat mich der hin und her schlitternde Leiterwagen an der Schulter gestreift und in den Graben geschleudert, mehr weiß ich nimmer. Dann ist zum

Glück der Steinbrecher mit seinem Sohn vorbeigekommen und hat mich aufgegabelt!“

„Hast du den Wagenlenker erkannt?“

„Nein, den habe ich nur mehr als kleinen Punkt gesehen, als er schon weit weg war!“

„Und der hatte es hundertprozentig auf dich abgesehen, kannst du das auch beschwören?“

„Ja, ganz sicher, es war kein Unfall sondern Mordabsicht, ich sollte der nächste tote Brauer sein!“

Bürgermeister und Richter entfernten sich mit besorgter Miene, nicht ohne dem armen Eisenpeck rasche Genesung zu wünschen. Sie eilten ins Rathaus und wiesen den Stadtschreiber an, für den nächsten Tag den Sonderausschuss neuerlich einzuberufen. Der Bürgermeister ging dann zu Hildegard Sailler und bat sie, mit ihren Salben und Tinkturen Eisenpecks Wunden zu behandeln.

Die Kunde von dieser schrecklichen Tat ging wie ein Lauffeuer durch die Stadt, und die hoffnungsfrohe Stimmung der letzten Tage sank auf den absoluten Nullpunkt. Wieder gab es einige, die die Geister aus der dunklen Zeit des Mittelalters herauf beschworen, als die Welt noch voll an Drachen, Dämonen, Gespenstern war, und der Teufel seine Opfer in den Klauen hielt.

Der Sonderausschuss der Gemeinde trat zusammen, und der Bürgermeister berichtete von der Befragung Eisenpecks. Erstmals im Lauf der Ermittlungen sprach man nun offen von einer Verschwörung. Einer Verschwörung gegen die Stadt, gegen die Bräuer, gegen die Gesellschaft. Die logische Frage war nun, wem eine solche nützen konnte. War es eine unbekannte Kraft von außen, die hier zu Werke ging? Oder war der Gegner gar in den eigenen Reihen zu finden? War es wirklich nur ein Zufall, dass es immer einen Brauer betraf? Waren höhere Mächte im Spiel, die bewusst Angst und Schrecken unter der Bevölkerung schürten?

Steinbrecher und sein Sohn wurden befragt, ob sie genauere Angaben über das unbekannte Fuhrwerk machen konnten. Die beiden waren felsenfest davon überzeugt, dass es zwei braune Pferde waren. Den Lenker konnten sie jedoch nicht erkennen. Nun wurde der Stadtbüttel beauftragt, in den nächsten Tagen eine Liste aller braunen Pferde in der Stadt und im näheren Umkreis aufzustellen.

Noch am selben Abend, im Schutze der Finsternis, kam Hildegard Sailler in Eisenpecks Haus. Unter den misstrauischen Augen seiner Gattin versorgte sie Eisenpecks Schürfwunden mit geheimnisvollen Salben und reichte ihm ein grünes Fläschchen mit einer Tinktur, von der er drei Tropfen mit einem Löffel Wasser einnehmen solle. Damit würde er ruhig schlafen können.

„Was ist da alles drinnen, was ihr mir da gebt?“ kam postwendend die Frage des Zunftmeisters.

„Dass braucht ihr nicht zu wissen, Meister Eisenpeck, aber es wird euch helfen. Es ist kein Hokuspokus dabei wie Drachenblut und Krötenschleim, sondern es sind nur die Kräfte der Natur, so wie sie uns die große Hildegard von Bingen vor vierhundert Jahren gelehrt hat! Wenn ihr noch was braucht in den nächsten Tagen, dann ruft nach mir!“ Mit diesen Worten ging sie von dannen.

Hildegard Sailler war eine kluge Frau. Sie war nicht nur mit der Heilkraft verschiedener Kräuter vertraut, sondern konnte auch lesen und schreiben. Deshalb war sie sich der Gefahr, der sie aufgrund ihrer Heilkunst ausgesetzt war, durchaus bewusst. Die berechtigte Angst, als Hexe diffamiert zu werden und auf dem Scheiterhaufen zu landen war Grund genug, nur absolut vertrauenswürdige Personen zu behandeln. So zählte auch Richter Rueßwurmb zu ihren Kunden.

Immer wenn er an schmerzhaften Gichtanfällen litt, rief er sie zu Hilfe. Er hatte ihr die lebensbedrohende Gefahr, in der sie ständig schwebte, erst so richtig plausibel gemacht. In seiner Bibliothek hatte er ein Buch versteckt, das er noch nie einem anderen Menschen gezeigt hatte, da es so schreckerregend war. Es war der berühmte Hexenhammer, auf lateinisch „Malleus Maleficarum" genannt, welches 1484 von Heinrich Kramer verfasst wurde. Dieser war, gemeinsam mit seinem dominikanischen Mitbruder Jacob Sprenger, von Papst Innozenz VIII. mit der Verfolgung von verdächtigen Personen, die sich der Hexerei, Zauberei oder den magischen Machenschaften verschrieben hatten, betraut geworden.

Der Richter ließ ihr eine Stunde Zeit, um in diesem schrecklichen Werk herumzublättern. Im ersten Abschnitt beschäftigte sich der Autor mit der Natur und dem Ursprung der Hexerei, wobei er unter anderem erklärte, dass sich zwar auch Männer der Hexerei widmeten, aber in erster Linie Frauen aufgrund ihres unsteten Glaubens in die Fänge des Teufels gerieten. Der zweite Abschnitt illustriert die schädlichen Auswirkungen von magischen Praktiken und die Mittel, um sich vor ihnen zu schützen. Beim Studium des dritten Abschnittes stellten sich bei Hildegard

Sailler die Haare auf und ließen sie erzittern. Denn dieser Teil des Malleus war in seinem Charakter nichts anders als ein Handbuch für das Vorgehen bei Hexenprozessen. Um eine Hexe zu erkennen, hieß es da, war es wesentlich, das „Teufelsmal" auszumachen, das entweder ein Fleck auf dem Augapfel, ein besonders großes Muttermal oder eine schmerzunempfindliche Stelle des Körpers sein konnte.

Hildegard stieß einen Angstschrei aus, und das Buch polterte zu Boden. Rueßwurmb eilte sofort herbei, um ihr zu helfen.

„Was macht euch so bange, liebe Frau?"

Hildegard, bleich bis auf die Knochen, war unfähig, gleich zu antworten. Sie zitterte am ganze Leib, Schweißperlen standen auf ihrer Stirn. Nach und nach beruhigte sie sich wieder.

„Werft doch bitte einmal einen Blick auf mein rechtes Auge!"

Stadtrichter Rueßwurmb erfüllte ihr diese sonderbare Bitte und prallte erschreckt zurück. Auf ihrem rechten Auge, welche das irisierende Grün eines Katzenauges aufwies, war ein winzig kleiner brauner Fleck zu erkennen.

Hildegard Sailler entblößte ihre rechte Schulter auf welcher ein pfenniggroßes Muttermal prangte.

„Wären diese zwei Zeichen Grund genug, mich auf dem Scheiterhaufen zu verbrennen?"

„Heinrich Kramer hätte seine Freude damit, zweifelsohne" erwiderte der Stadtrichter, „aber ich bin mir sicher, dass ihr keine Hexe seid. Trotzdem würde ich zu großer Vorsicht raten, hütet euch vor Fremden oder scheinheiligen Freunden, übt eure Heilkunst nur bei Menschen aus, denen ihr ganz sicher trauen könnt. Außerdem würde ich euch raten, nach Ablauf des Trauerjahres wieder einen Mann zu suchen, denn für ehrgeizige Inquisitoren sind Witwen genau so verdächtig wie Heilerinnen, Hebammen oder Ammen. Geht auch in der Hitze des Sommers nie kurzärmelig herum, damit niemand dieses Muttermal erblickt, sonst könnte es bald zu einem Teufelsmal werden! Seid vorsichtig, denn es bedarf heutzutage nicht viel, um die Aufmerksamkeit auf sich zu lenken. Tausende von sogenannten Hexen sind in den letzten Jahrzehnten verbrannt worden, alle waren unschuldig. Man bezichtigte diese Personen der Zubereitung von Zaubertränken aus giftigen Kräutern oder auch aus Extrakten von toten Tieren oder menschlichen Leichen, die vom Galgen abgeschnitten oder aus einem Grab gestohlen wurden. Man vermutete machtvolle Zaubereien, die Felder durch Hagel zerstören, Korn verfaulen oder Weinstöcke erfrieren lassen konnten. Hexereien wurde die Vernichtung ganzer Herden und die Verursachung schwerer Krankheiten zugeschrieben, die auch zum Tod der betroffenen Personen führen konnten. Die Meldung solcher Verbrechen führte zur Verhaftung, zu Verhören unter Anwendung der Folter und in den meisten Fällen zum Tod auf dem Scheiterhaufen. Jetzt aber geht und erzählt keinem von diesem Buch! Behüte euch Gott, gute Frau!“

-11-

Am nächsten Tag bat Steinbrecher den Bürgermeister um ein vertrauliches Gespräch. Ihm war etwas eingefallen.

„Ich habe es gestern im Rat nicht vor allen sagen wollen, da es eine heikle Angelegenheit betrifft! Nach der Sitzung habe ich stundenlang nicht schlafen können, weil mir diese Gedanken durch den Kopf geschossen sind. Aber ich bin mir sicher, dass es ein Fuhrwerk der Herrschaft war, welches den Eisenpeck gerammt hat. Im ersten Moment sind mir vor allem die beiden prächtigen Pferde aufgefallen, welche typisch für die Herrschaft sind. Die haben doch die besten Pferde weit und breit, keine so armseligen Klepper, wie sie unsere Bauern zum Teil haben. Nun bitte ich dich, mich nicht als Zeugen zu nennen. Ich habe doch von der Herrschaft ein paar Felder in der Spitaler draußen gepachtet, und ich kann mir keine Schwierigkeiten mit denen leisten. Natürlich darf man diesen Anschlag nicht unter den Tisch kehren, da ist jetzt diplomatisches Geschick gefragt, denn die Gemeinde kann sich auch kein Zerwürfnis mit der Obrigkeit erlauben!"

Der Bürgermeister sicherte ihm Verschwiegenheit zu.

„Richter Rueßwurmb hat die Herrschaft schon lange im Auge, kein Mensch glaubt mehr an einen Zufall, dass es immer nur die Bräuer aus der Stadt erwischt! Da steckt eine höhere Macht dahinter, die Frage ist nur warum?"

Steinbrecher, Bauer mit Leib und Seele und noch dazu ein leidenschaftlicher Biertrinker, setzte nach.

„Es muss sich um eine speziell persönliche Sache handeln, ich kann mir nicht vorstellen, dass diese Morde irgendetwas mit der Braugerechtigkeit zu tun haben. Die Hofbrauerei beliefert doch hauptsächlich nur das eigene Schankhaus und natürlich ihre Glashütten! Unser Städtisches Brauhaus hat genug zu tun mit den Lieferungen innerhalb der Bannmeile und darüber hinaus! Die kleinen Bräuer sind von der Menge her schon gar keine Konkurrenz für die da oben!"

Steinbrecher hatte Druck abgelassen und war froh darüber. Der Bürgermeister aber war Diplomat genug, so dachte er, der fand sicher Mittel und Wege, um die Angelegenheit mit der Herrschaft zu klären. Obschon die Stadt landesfürstlich und dadurch der Herrschaft nicht untertänig war, so war man ihr trotzdem auf Gedeih und Verderb ausgeliefert.

Man konnte in der Stadt nichts unternehmen, ohne die Herrschaft zu kontaktieren.

Anschließend an dieses Gespräch statteten der Bürgermeister und der Stadtrichter den bettlägrigen Eisenpeck einen Besuch ab.

„Hans, überlege bitte noch einmal genau, was bei diesem Anschlag auf dein Leben passiert ist“ wollte der Bürgermeister von ihm wissen, „kannst du dich noch erinnern, welche Farbe die Pferde des Gespanns hatten?“

Nach einem kurzen Moment des Nachdenkens erwiderte der Zunftmeister.

„Jetzt, wo du mich darüber fragst, kommt es mir wieder in den Sinn, dass es zwei braune, großmächtige Pferde waren, da bin ich mir ganz sicher!“

Fleischhackher berichtete ihm nun von der Wahrnehmung, die Steinbrecher diesbezüglich gemacht hatte.

„Ich habe es bereits geahnt, dass irgendjemand der Herrschaft dahinter steckt. Aber wenn es wirklich so ist, dann können wir kaum auf Aufklärung hoffen. Die werden nicht so dumm sein und uns irgendwelche Beweise liefern. Die sitzen auf dem längeren Ast, an die kommt keiner heran!“

Eisenpeck war entmutigt und wollte klein beigeben. Doch der Stadtrichter war anderer Ansicht.

„Das Recht darf dem Unrecht nicht weichen, wir müssen der Sache nachgehen, dürfen uns nicht beugen, sonst machen wir uns lächerlich“ brachte es Rueßwurmb auf den Punkt, „weiß wer von euch, wie viele Fuhrknechte die da oben haben?“

„Ich weiß nur von einem, dem Ferdinand Braunschweiger“, meinte der Bürgermeister, „doch der ist schon sehr alt, dem würde ich so eine gewagte und rasante Fahrt nicht mehr zutrauen!"

Abrupt fuhr Eisenpeck von seinem Bett in die Höhe und brüllte dabei vor Schmerz.

„Jetzt kommen wir der Lösung des Falles wesentlich näher, denn es gibt noch einen zweiten Fuhrknecht und das ist der Ponstingl und der hat sowohl Grund, als auch die Kraft für diese Taten!"

Der Stadtrichter schlug sich mit der Faust an die Stirn. „Du bist ein Genie, Eisenpeck, du hast den Nagel auf den Kopf getroffen. Den hätte es doch selber bald erwischt, damals, mit der Sabotage an seinem Fuhrwerk. Der ist als Hitzkopf verschrieen und war schon in so manche Prügelei verstrickt. Der wäre allemal dazu in der Lage, die Morde und den Anschlag auf dich durchzuführen! Rache ist ein starkes Gefühl als Motiv für einen Mord! Wir haben uns bislang immer nur auf die Konkurrenz innerhalb der Bräuer konzentriert und alle persönlichen Motive damit ausgeschlossen!"

„Unmittelbar aber hängt es doch wieder zusammen" widersprach der Bürgermeister dem Richter, „man hat doch die städtischen Bräuer beschuldigt, dass einer von ihnen die Hinterachse des Fuhrwerks angesägt hat. Wir haben uns damals nie so recht bemüht, einen Schuldigen zu finden. Wahrscheinlich war das für Ponstingl der Auslöser für seinen Frevel gegen unser Leib und Leben! Er hat uns das büßen lassen!"

Richter Rueßwurmb gab ihm Recht.

„Gebt mir ein paar Tage Zeit, um einen Schlachtplan zu entwerfen, der einigermaßen hieb- und stichfest vor Gericht ist, dann kommen wir drei wieder zusammen. Bis dahin aber muss ich euch um strenges Stillschweigen bitten, wir dürfen nicht zulassen, dass uns die da oben zuvorkommen!“ Mit diesen Worten wollte er aufbrechen. Doch in der Tür blieb er noch einmal kurz stehen und wandte sich neuerlich an Eisenpeck.

„Denk scharf nach, als du damals im Straßengraben lagst, hast du dort außer dem Steinbrecher noch irgendwen gesehen? Neben der Straße, auf den Feldern bei der Arbeit, oder sonst wo?“

Der angeschlagene Zunftmeister strapazierte noch einmal seine Hirnwelt.

„Ja, ich glaub schon, aber es war weiter weg. Oberhalb des Mittergrabens werkten zwei Leute auf dem Feld. Ich denke, es waren der Sieberer und seine Frau!“

„Sehr gut, wir werden dem Ponstingl eine Falle stellen, die zuschnappt! Behüte euch Gott und lasst mich nun an einer Lösung des komplizierten Falles arbeiten!“

Der Richter eilte, sichtlich erleichtert, davon. Fleischhackher blieb noch eine Weile am Krankenbett sitzen.

„Wie geht es dir, schmerzt deine Schulter noch?“

„Ja, aber es hält sich in Grenzen, es könnte schlimmer sein! Der Medicus hat mir zwei Wochen Bettruhe verschrieben. Bei den Abschürfungen und Prellungen hat mir Hildegards Salbe geholfen. Danke, dass du sie mir geschickt hast, die kennt sich wirklich aus in der Heilkunde!“

„Das freut mich für dich, aber sag um Gotteswillen dem Medicus nichts davon, du weißt ja, was die Ärzte so von der Naturheilkunde halten. Die haben allesamt keine Freude mit den Kräuterweibern! Doch jetzt noch einmal zu unserem Vorhaben. Ich denke, wir können uns auf den Richter verlassen. Der ist ein schlauer Fuchs und wird die richtigen Mittel und Wege finden. Ich bin ebenfalls seiner Meinung, dass wir uns nicht beugen sollen und mit aller Kraft daran gehen, den Mörder zu stellen. Erzähl auch du niemanden von unseren Plänen, nicht einmal deiner Frau!"

Vierzehn Tage später schickte Fleischhackher den Stadtbüttel zur Burg hinauf. Der Richter hatte eine Vorladung für Ponstingl ausgestellt, damit er dem Sonderausschuss Rede und Antwort stehen solle wegen des Vorfalls in Sachen Eisenpeck. Wie erwartet kam Windprechtinger ohne Ponstingl zurück. Der erste Teil des Planes war aufgegangen. Zwei Stunden später erschien ein Bote von der Burg im Rathaus und überreichte dem Bürgermeister ein Schreiben des Burgherrn. Er wollte wissen, aus welchem Anlass Ponstingl vor dem Ausschuss erscheinen solle und bat den Bürgermeister um ein Aussprache, oben auf der Burg.

Der Richter jubelte, als ihm Fleischhackher das berichtete.

„Jetzt folgt Punkt zwei unserer Attacke. Der hochedle Herr ist beunruhigt, auf jeden Fall neugierig. Wir werden morgen zusammen hinaufgehen, das kann er uns nicht verwehren. Ich bin offiziell mit den Ermittlungen betraut, und es ist mein Recht, den Ponstingl als Zeugen zu vernehmen. Wir werden auf der Hut sein und vorerst niemanden beschuldigen. Er wird sich seinen Fuhrknecht selbst einmal vorknöpfen und ihn aushorchen. Wie ich den Kerl kenne, wird er alles abstreiten. Damit nehmen wir ihnen den Wind aus den Segeln, denn wenn er unschuldig ist, gibt es keinen Grund mehr, vor dem Ausschuss nicht zu erscheinen!"

Ladislaus II. von Prag und Windhaag benutzte die Aussprache als Machtdemonstration. Er empfing die Gäste im Rittersaal, der sich über die gesamte Länge des Palas erstreckte. Um seine Wichtigkeit zu betonen, hatte er sich prächtig gewandet und am unteren Ende der großen Tafel Platz genommen. Schließlich war er ein wichtiger Mann in der Gunst des Kaisers Ferdinand I., den er als Truchsess 1530 zum Reichstag nach Augsburg begleitet hatte. Die ewigen Streitereien mit den Bürgern nervten ihn seit langem und er hatte nicht vor, auch nur einen Schritt nachzugeben. Flankiert wurde er von seinen beiden Neffen Hans und Andre, beide mit dem Dolch am Gürtel. Im Kamin brannte ein Feuer, links und rechts davon standen zwei Wächter mit Hellebarden. Er bat die beiden Herren aus der Stadt, doch Platz zu nehmen. Dienstboten brachten Teller mit Salz und Brot als Zeichen, dass sie willkommen waren. Wein und Wasser stand in Krügen auf dem Tisch.

Der Freiherr kam sofort zur Sache und wandte sich an den Richter.

„Warum wollt ihr unseren Matthias Ponstingl vorladen? Liegt gegen ihm eine Beschuldigung vor? Welcher Art ist diese?"

Richter Rueßwurmb erhob sich respektvoll von seinem Stuhl, richtete sich auf und begann sachlich ruhig, aber mit fester Stimme seine Ausführungen.

„Wie ihr sicher wisst,, wurde unser Zunftmeister Eisenpeck, ein hoch angesehener Mann in der Stadt, auf der Zwettlerstraße unterhalb des Galgenberges von einem Fuhrwerk niedergefahren. Es war kein Unfall, sondern es stand Absicht dahinter. Nun hat es Zeugen dafür gegeben und die beiden haben unter Eid ausgesagt, dass es ein Fuhrwerk der Herrschaft war und Ponstingl der Wagenlenker!"

„Wer sind diese Zeugen? Ehrenhafte Bürger oder fahrendes Gesindel ohne jegliche Reputation? Sind deren Augen so gut, dass sie auf etliche Entfernung den Fuhrknecht ausnehmen konnten?"

„Ich kann euch versichern, dass die beiden Zeugen durchaus glaubwürdig sind, ihr werdet aber verstehen, dass ich im Zuge der Ermittlungen ihre Namen nicht preisgeben kann. Sie sind aber bereit, bei einem Prozess auszusagen" erwiderte Rueßwurmb.

Nun griff der Bürgermeister in das Gespräch ein.

„Hochedler Herr" so schmierte er ihm Honig ums Maul, „wo ist der Ponstingl? Lasst ihn herbeiholen, dann können wir jetzt sofort die Befragung durchführen!"

Jetzt war es der junge Andre, der unruhig wurde. Er sprang hastig von seinem Stuhl auf und ging, die Hände hinter dem Rücken verschränkt, im Raum hin und her.

„Der Ponstingl ist nicht da. Schluss. Aus. Basta. Und wir allein entscheiden, ob er befragt wird oder nicht! Woher nehmt ihr die Frechheit, einen unserer Leute zu beschuldigen? Zählt unser Wort nicht für euch?"

Wutentbrannt blieb er vor dem Richter stehen und sah ihn grimmig an. Doch der Richter war klug genug, um sich nicht aus der Ruhe bringen zu lassen. Gefasst stand er auf und musterte sein Gegenüber.

„Glaubt mir, junger Herr, Zorn ist ein schlechter Berater, er schadet mehr, als er nützt. Wenn euer Ponstingl nichts mit diesem Attentat zu tun hat, dann hat er vor dem Gericht auch nichts zu befürchten. Wenn wir heute mit ihm sprechen können, dann hat sich die Sache erledigt. Warum ist er nicht hier?"

Ladislaus aber, klug und selbstbewusst, ließ sich nicht so schnell provozieren.

„Der Ponstingl ist seit zwei Tagen unterwegs und liefert unser Bier nach Engelstein, Rappottenstein und Arbesbach. Er wird sicher erst in den Abendstunden zurückkehren. Morgen früh werde ich ihn befragen und euch davon verständigen. Damit ist die Unterredung für heute beendet, gehabt euch wohl!"

Mit diesen Worten verließ er den Saal, seine beiden Neffen folgten ihm nur widerwillig. Rueßwurmb und Fleischhackher wurden von den beiden Wächtern bis zum Burgtor begleitet. Als die beiden den steilen Berg hinuntergingen, konnte Rueßwurmb nicht umhin, aus vollem Hals zu lachen.

„Was sagst du, mein Freund, wir haben die erste Runde für uns entschieden und in ein Wespennest gestochen. Hast du bemerkt, wie unruhig und angespannt die beiden Neffen waren, die wissen doch genau Bescheid, was sich da alles abgespielt hat. Jetzt werden sie ihren Onkel bedrängen, den Ponstingl nicht fallen zu lassen. Wir aber werden sehen, ob dem Freiherr ein gutes Verhältnis zur Stadt mehr wert ist als ein Fuhrknecht, den man jederzeit ersetzen kann. In früheren Zeiten betrachtete man Dienstboten als „Sache". Ihr gesellschaftlicher Wert war gleich Null. Der Herr konnte zum Beispiel nicht nur über die Arbeitskraft einer Magd verfügen, sondern mehr oder weniger auch über ihren Körper! Ein adeliger Herr, der seinen Knecht mit der Rute so hart züchtigte, dass dieser starb, hatte nach dem Gesetzbuch keine Strafe zu erwarten, weil er seine Tötung ja nicht beabsichtigte. Hast du das gewusst? Aber genug davon, ich denke, wir haben uns jetzt ein gutes Bier im Städtischen Brauhaus verdient!"

Das Brauhaus war gut besetzt. Als Richter und Bürgermeister eintraten, stockte die Unterhaltung an den Tischen für einen kurzen Moment. Den beiden hohen Herren wurde respektvoll Gruß gezollt, Walther Waldmeister, der Pächter der Gemeinde, der allgemein nur Wawa genannt wurde, bot ihnen einen Tisch in der Fensterecke an. Doch die beiden wollten nicht alleine sitzen, sondern die Stimmungslage unter dem Volk ausloten. Bereitwillig rückte man am Stammtisch zusammen, um Platz zu schaffen. Sowohl der Richter als auch der Bürgermeister bestellten einen Krug Bier. Nach dem ersten kräftigen Schluck kam die Unterhaltung in Gang. Es hatte sich in der Stadt herumgesprochen, dass ein Fuhrknecht der Herrschaft als verdächtig galt. Der Bürgermeister hatte gleich nach seinem Amtsantritt die Erfahrung gemacht, dass es mit dem Vertrauen der Vertrauten nicht weit her war. Von Amtsverschwiegenheit im Rathaus konnte keine Rede sein. So geheim manche Abstimmungen und Wortmeldungen auch waren, so gab es immer irgendeinen der Ratsherrn, der in der Öffentlichkeit seinen Mund nicht halten konnte.

„Was habt ihr in der Burg oben erreichen können?" wollte der Wirt wissen.

„Ihr wisst doch genau, dass wir von laufenden Gerichtsverfahren nichts preisgeben dürfen, könnt ihr das nicht verstehen?", erwiderte der Richter. „Aber wir garantieren euch, dass wir knapp vor der Auflösung der Mordfälle stehen.

Geduldet euch noch ein wenig, gebt uns noch eine Woche Zeit, dann haben wir den Übeltäter am Schlafittchen!"

„Welcher von den beiden Fuhrleuten soll es nun gewesen sein, der Braunschweiger oder der Ponstingl?", wollte nun der Zechmeister der Oswaldkapelle, Hans Schliett, wissen.

„Wer hat denn was von einem Fuhrknecht gesagt" entgegnete der Richter mit einem verschmitztem Lächeln, welches man deuten konnte, wie man wollte.

„Also ein Fuhrknecht" warf nun ein Müllergeselle von der Hofmühle unten im Tal ein, „dann aber kann es sich nur um den Ponstingl handeln. Denn der Braunschweiger ist ein alter Scheißer, der kann gewiss keinen mehr mit einem Prügel erschlagen!" Er kannte natürlich beide, da sie oft genug mit einer Ladung Korn zur Mühle gefahren sind.

Der Richter war klug genug, keinen Namen zu nennen. Innerlich aber musste er lachen und unter dem Tisch drückte er sein Knie an das Knie des Bürgermeisters als Zeichen des Triumphs. Der böse Samen war gesät worden, die Saat würde in Kürze aufgehen und sich alsbald in der gesamten Gemeinde weiter fortpflanzen. Einige geheimnisvolle Andeutungen, ein paar Wortspielereien, ein paar scheinbar unabsichtlich eingebrachte Gedankensplitter einwerfen in ein Gespräch, gehört seit dem Beginn der Menschheit zur hohen Kunst der Politik. Wieder einmal hatte er erreicht, was er wollte, die Gerüchteküche war angeheizt worden, und das Feuer würde bald lohen und brennen.

Heinrich Trübswasser, ein Maurergeselle aus der Hinteren Zeile, sprang mit dem Bierkrug in der Hand so heftig auf, dass das Bier überschwappte und seinen Nebenmann begoss, er sah sich bemüßigt eine Brandrede anzustimmen. Zwei Jahre zuvor hatte er noch für die Herrschaft gearbeitet, doch Ladislaus hatte ihn wegen seiner Alkoholsucht gefeuert. Ihm allein galt sein Unmut.

„Wir sollten heute noch die Burg stürmen, bei Nacht und Nebel, und uns den Ponstingl schnappen. Ich würde ihm höchstpersönlich den Strick um den Hals legen! Wir Weitraer sind ehrenhafte Leute, mit uns kann man nicht so herumspringen, wie die da oben es gerne möchten.“

Gelächter hallte durch den Raum, keiner nahm ihn ernst. Von der Statur eher klein und dick, trug er den Spitznamen Drecklackerl und war eher für seine Trunksucht bekannt als für seine Tapferkeit.

Der Bürgermeister, Diplomat durch und durch, bezahlte die zwei Krüge Bier und deutete dem Richter an, sich ebenfalls zu empfehlen. Er hatte erreicht, was er wollte und ließ der Sache ihren Lauf. In einer solchen Situation war es besser, rechtzeitig aufzubrechen, als weiterhin an vorderster Front dabei zu sein. Denn die Gefahr, dass die hitzig geführte Debatte sich ausweiten würde, schien extrem hoch zu sein!

-12-

Am nächsten Tag ging es wie ein Lauffeuer durch die Stadt – Maurergeselle Trübswasser, scherzhaft Drecklackerl genannt, hatte nach dem fünften Krug Bier seine Drohung wahr gemacht, einen alten Besen geschultert und war in der Dunkelheit doch tatsächlich gegen die Burg marschiert. Auf sein Klopfen hin hatte der Torwächter aufgemacht und den Grund seiner nächtlichen Störung wissen wollen. Er fordere sofort auf nicht richterlichen Befehl die Herausgabe des mutmaßlichen Mörder Ponstingl, stotterte er vor sich hin. Durch den lauten Tumult am Burgtor erschien die Schildwache und gleich darauf war es um den Trinker geschehen. Sie prügelten ihn windelweich, trugen ihn in die Stadt hinunter und legten den harmlosen Narren vor dem Rathaus ab. Spott und Hohn prasselten nächsten Tag auf Trübswasser herab, dessen nächtlicher Eroberungsfeldzug ihm ein zugeschwollenes Auge und zahlreiche blaue Flecken eintragen hatte.

Trotz des traurigen Anlasses einer Mordermittlung wusste man nicht, ob man lachen oder weinen sollte. Die Spannung zwischen der Bürgerschaft und der Herrschaft wuchs von Tag zu Tag. Und obwohl die Stadt der Herrschaft nicht untertänig war, so war man doch nicht völlig unabhängig. Dem Bürgermeister war jedoch nicht zum Lachen. Für ihn war es durchaus ein symbolischer Akt, dass man den betrunkenen Querulanten ausgerechnet vor dem Rathaus abgelegt hatte. Die Botschaft war eindeutig genug: mischt euch nicht in unsere Angelegenheiten, sonst geht es euch ebenso!

Der Richter erinnerte den Bürgermeister an die Klage von 1528 bei der Regierung, dass die Erben des Lasla von Prag, Anna von Prag und ihre Söhne die Freiheiten der Stadt nicht mehr respektierten und die Stadt im Falle des Verstoßes gegen die Privilegien von 1321 nicht mehr schützten. Die Fuhrleute fuhren um die Stadt herum anstatt in der Stadt einzukehren, sodass die Stadt durch den Ausfall von Kauf und Zehrung schwere finanzielle Einbußen erleiden musste. Die Herrschaft aber wiederum forderte in den Dörfern rund um die Stadt Maut und Zoll ein, was zuvor auch nie geschehen war. Rueßwurmb warnte Fleischhackher davor, auch nur einen Schritt zurückzuweichen. Denn wenn man jetzt nicht hart durchgreifen würde, so meinte er, beschwöre man die alten Zeiten wieder herbei.

Fünf Tage herrschte Ruhe. Am sechsten Tag erschien ein Bote des Burgherrn im Rathaus mit einem Schreiben für den Bürgermeister. Ladislaus höchstselbst hatte Ponstingl befragt, ob er mit dem Attentat auf den Zunftmeister und den beiden Morden etwas zu tun hätte. Der Fuhrknecht sei dabei in Tränen ausgebrochen, da sein Herr so schlecht von ihm denken würde. Er schwor auf das Grab seiner Mutter, dass er mit all diesen schrecklichen Verbrechen nichts zu tun hätte. Er genieße nach wie vor das Vertrauen der Herrschaft. Mit heutigen Tag seien daher alle Beschuldigungen gegenüber Ponstingl einzustellen.

Sowohl der Bürgermeister als auch der Richter hatten genau mit dieser Reaktion gerechnet. Nun begannen sie heimlich nachzuforschen. Sie trugen alle Informationen, die sie über den Verdächtigten sammeln konnten zusammen, ließen ihn auf Schritt und Tritt beobachten und fanden endlich die Schwachstelle, die sie suchten. Ponstingl war ledig und wohnte in einer kleinen Kammer in der Ferchmühle in Brühl. Diese lag aber außerhalb der Burgfriedensgrenze. Nun griff der gewiefte Taktiker Rueßwurmb zu einer List. Er sandte den Stadtbüttel Windprechtinger zur Mühle und befahl, diese zu durchsuchen. Ponstingl war natürlich nicht zu Hause und dem Müller war es egal, dass dessen Kammer durchsucht werden sollte. Windprechtinger sollte alles auf den Kopf stellen und so viel Unordnung hinterlassen wie nur möglich, um den Fuhrknecht nervös zu machen. Als der Büttel die Wäschetruhe ausräumte, entdeckte er ein indigoblaues Fürtuch mit braunen Flecken darauf. Der

Stadtbüttel jubilierte, denn diese sahen nach Blut aus. Sachte faltete er das Tuch zusammen und steckte es in seine Umhängtasche. Im nächsten Moment brach er auf, den vermeintlichen Beweis wie eine Trophäe hütend.

Nun begann das Spiel von neuem. Rueßwurmb setzte auf Zeit. Es dauerte nicht lange, bis wieder ein Bote aus der Burg vorstellig wurde. In einem kurz gefassten Schreiben wollte Ladislaus wissen, mit welchem Recht die Kammer seines Fuhrknechtes durchsucht worden war.

Rueßwurmb war außer sich vor Freude. Denn nun hatte Ponstingl einen entscheidenden Fehler gemacht. Entweder war es ihm entfallen, dass er das verhängnisvolle Fürtuch aufgehoben hatte, oder in dem Chaos in seiner Kammer gar nicht bemerkt, dass es fehlte. Auf alle Fälle wäre es für ihn besser gewesen, er hätte seinem Herrn nichts von der Durchsuchung erzählt. Konnten ihm nun sein Stolz und sein Hochmut zum Verhängnis werden?

Medicus Fuchs war sich zu neunzig Prozent sicher, dass die Flecken von menschlichem Blut stammten. Für eine exakte Untersuchung fehlten ihm aber die notwendigen Mittel. Dem Richter jedoch genügten diese neunzig Prozent. Es kam jetzt darauf an, ob der Fuhrknecht das Fürtuch als sein Eigentum erkannte, und wie er die Blutflecken darauf erklärte.

Abermals nahmen Bürgermeister und Richter den steilen Berg zur Burg hinauf unter ihre Füße. Doch diesmal war Stadtbüttel Windprechtinger mit von der Partie. Der Freiherr empfing sie bereits in der Dürnitz. Entweder war es ein Anflug von Bescheidenheit, dass er auf seinen hohen Status verzichtete, oder wohldurchdachtes Kalkül.

„Ich hoffe, ihr habt eine Erklärung für mich, aus welchen Gründen Ponstingls Kammer durchsucht wurde“ eröffnete er die Amtshandlung des Richters.

Rueßwurmb räusperte sich. Bedächtig, mit wohldurchdachten Worten erklärte er die Ermittlungen des Gerichts.

„Edler Herr, es gilt nun nicht nur das Attentat auf Eisenpeck aufzuklären, sondern es geht um zweifachen Mord! Das Gericht erachtete es als notwendig, das Haus zu durchsuchen, und so fiel der Verdacht auf ihn. Stadtbüttel Windprechtinger hat in meinem Auftrag Ponstingls Kammer durchsucht und in seiner Truhe den Beweis für seine schrecklichen Taten gefunden!“

Der Stadtbüttel trat vor und fischte aus seiner Tasche das Fürtuch hervor, die Blutflecken waren für jedermann deutlich zu erkennen.

„Dies ist das Fürtuch eures Fuhrknechts, wie es üblicherweise Leute seines Standes tragen. Die Flecken darauf wurden vom Gemeindearzt Fuchs untersucht. Es gibt keinen Zweifel, dass es Blutflecken sind! Für das Gericht ist dieses Beweismittel schlüssig genug. Das Gericht wird gegen Matthias Ponstingl Klage erheben wegen der Morde an Peter Schuster und Vinzenz Sailler, sowie des Mordversuches an Hans Eisenpeck!“

Ladislaus rang nach Fassung. All sein Stolz war mit einem Schlag dahin.

„Warum, in Gottes Namen, sollte er diese schrecklichen Taten begangen haben?“ presste er mühsam heraus.

„Es war ein gezielter, von langer Hand vorbereiteter Racheakt. Erinnert euch an den Unfall bei seiner Fahrt nach Gmünd zum Markt. Wir haben damals eindeutig festgestellt, dass von unbekannter Hand die Hinterachse eingeschnitten worden war, damit sie brechen musste. Trotz aller Befragungen konnte kein Täter ausfindig gemacht werden. Die Schuld aber wurde den Bierbräuern aus der Stadt in die Schuhe geschoben, nicht nur von Ponstingl, sondern auch von euch, wie ihr euch sicher erinnern könnt! Es ist kein Zufall, dass ausgerechnet drei Bräuer aus der Stadt zum Opfer wurden. Ein Lehrling, ein Geselle und als krönender Schlusspunkt hätte auch Meister Eisenpeck sterben sollen!"

Ladislaus von Prag und Windhaag sank in seinem hohen Sessel zusammen wie ein Häufchen Elend und rang mühsam nach Atem. Lähmende Stille machte sich für einen Augenblick breit. Nach einer Weile erhob er sich und rief nach einem Dienstboten.

„Geh in die Stallungen und hole mir den Ponstingl!", rief er und wandte sich zugleich an Stadtrichter Rueßwurmb.

„Ich möchte, dass ihr ihm diese schwere Beschuldigung selbst mitteilt. Wir werden ja sehen, was er dazu zu sagen hat!"

Wider Erwarten erschien der Fuhrknecht tatsächlich. Der Stadtrichter hielt ihm das Fürtuch hin.

„Erkennt ihr das wieder? Ist das euer Fürtuch?"

„Kann sein. Muss nicht sein. Ein Fürtuch sieht aus wie das andere!" erwiderte Ponstingl mit beinahe tonloser Stimme.

„Aber wir haben es in eurer Kammer in der Mühle gefunden! Seht diese Flecken hier, das ist getrocknetes Blut!"

„Kann sein. Muss nicht sein!"

Der Richter wurde lauter.

„Ich klage euch des Mordes an Peter Schuster und Vinzenz Sailler, sowie des Mordversuches an Hans Eisenpeck an. Was könnt ihr zu eurer Verteidigung sagen?“

Ponstingl schwieg.

Rueßwurmb wurde heftiger.

„Gesteht, dass ihr dafür verantwortlich seid. Es war eure Rache wegen der Sabotage an eurem Fuhrwerk, damals, als ihr mit Ferkel und Bier nach Gmünd auf den Markt unterwegs ward!“

Ponstingl schwieg abermals.

Der Richter packte ihn an den Schultern, geradeso, als wollte er ein Geständnis aus ihm herausschütteln.

„Ihr seid ein toter Mann, so oder so. Das Gericht wird euch für schuldig sprechen und ihr werdet hängen. So lange, bis der Tod eintritt, wie es im Gesetzbuch steht. Mit einem Geständnis könntet ihr euch aber die schmerzhafte Tortur davor ersparen, wollt ihr denn wirklich auf die Streckbank?“

Ponstingl schwieg abermals.

Als aber der Richter den Stadtbüttel anwies, den Fuhrknecht an den Händen zu fesseln, eilten die Wachen herbei und verhinderten dies.

Diesen Widerstand gegen die Autorität des Gerichts konnte Rueßwurmb nicht gutheißen.

„Edler Herr, ihr treibt euer Spiel zu weit! Dieser Mann steht im Verdacht ein Mörder zu sein! Wollt ihr einen solchen unter eurem Dach beschäftigen? Er muss einem Gericht überantwortet werden. Die Beweise sind erdrückend und es gibt Zeugenaussagen, die hieb- und stichfest sind. Wir werden beim Herzog gegen euch Beschwerde einlegen wegen Missachtung des Gerichts! Das letzte Wort ist noch nicht gesprochen! Was Recht ist, muss Recht bleiben!"

Grußlos eilten Richter, Bürgermeister und der Stadtbüttel aus der Burg. Nun war guter Rat teuer. Nachgeben kam nicht in Frage. Diplomatie führte zu nichts, solange der Freiherr seine schützende Hand über den Fuhrknecht hielt. Was lag ihm so sehr daran, den Fuhrknecht nicht auszuliefern?

Wie also sollte es nun weitergehen? Der Gemeinderat trat zusammen, um die weitere Vorgangsweise zu besprechen. Das Thema war heikel und rasch kristallisierten sich zwei Gruppen aus der Debatte heraus, die Falken und die Tauben. Die Tauben signalisierten Versöhnung und Verzicht auf die Auslieferung des vermeintlichen Täters. Denn wenn Ponstingl wirklich der Mörder ist, dann würde er jetzt so klug sein und nichts mehr riskieren. Die Falken beharrten auf das Recht, den Mörder an den Galgen zu bringen. Sie waren der Meinung, dass Ladislaus im Unrecht ist, wenn er Ponstingl nicht herausgeben sollte.

Die Debatte zwischen den beiden Lagern wurde immer hitziger und der Bürgermeister wollte dem Spuk ein Ende bereiten.

„Ruhe bitte, meine Herren, so kommen wir nicht weiter. Ich stelle daher den Antrag, über die weitere Vorgangsweise abzustimmen. Wer ist für den Verzicht auf Auslieferung?"

Sechs Ratsherren stimmten dafür. Zwickhennagl protokollierte eifrig.

„Wer ist dafür, weiter auf die Auslieferung zu beharren?"

Elf Stimmen. Zwickhennagl hielt wieder alles fest.

„Das Ergebnis ist eindeutig. Wir müssen uns mit allen Kräften gegen das Unrecht wehren und weiterhin die Auslieferung des Täters fordern. Ich werde mit dem Richter die weitere Vorgangsweise besprechen. Der Gemeinderat wird über die nächsten Schritte informiert. Danke meine Herren, die Sitzung ist somit geschlossen!"

Weitra war in jener Zeit eine landesfürstliche Stadt. Von 1508 bis 1550 war die Herrschaft an die Herren von Prag und Windhaag verpfändet gewesen. Nach dem Tod von Hans Lasla zu Prag und Windhaag ging die Herrschaft kurzzeitig an seine Witwe Anna und die beiden Söhnen Hans und Andre. Seit 1539 jedoch war Ladislaus, ihr Zweitgeborener, Herr über die Herrschaft Weitra. Verwaltungsmäßig und juristisch unterstand die Stadt aber dem Vizedomamt unter der Enns, und an das würde man sich nun wenden.

Richter Rueßwurmb bat den Bürgermeister zu sich in sein großes Haus am Platz, um die weiteren Schritte gegen die Herrschaft zu besprechen. Einerseits wollte er den Fall nicht abgeben, andererseits war man nun aber auf Hilfe von weiter oben angewiesen. Deshalb schlug der Richter vor, sich mit einer Beschwerde an den Vizedom zu wenden. Der Bürgermeister war damit einverstanden, und gemeinsam setzten sie ein Schreiben auf, welches den juristischen Regeln entsprach und nicht anfechtbar war. Darinnen erklärten sie sachlich, dass die Herrschaft den vermeintlichen Mörder nicht ausliefern würde und daher keine Möglichkeit bestehe, diesen einem ordentlichen Gerichtsverfahren zuzuführen. Stadtschreiber Zwickhennagl, der weit und breit für seine wunderschöne und gestochen scharfe Schrift bekannt war, setzte das Schreiben auf edles Pergament, und man versah es mit allen notwendigen Siegeln und Unterschriften. Die diese Angelegenheit betreffenden Protokolle und Gesprächsaufzeichnungen wurden dem Schreiben ebenfalls beigelegt. Zwickhennagl selbst wurde vom Bürgermeister beauftragt, die Nachricht zu überbringen. Noch am selben Tag fuhr er mit der Kutsche in die landesfürstliche Prokuratur. Vier Tage später kehrte er wieder zurück und erstattete dem Bürgermeister Bericht.

„Der zuständige Beamte habe ihm den Erhalt des Schreibens bestätigt“ so erklärte Zwickhennagl, “und es an den Vizedom weitergeleitet. Man werde so rasch als möglich eine Entscheidung treffen. Und es gibt noch eine Nachricht, vielleicht gut, vielleicht schlecht.“ Er genehmigte sich eine dramaturgische Pause.

„So lass dir doch nicht alles aus der Nase ziehen, sprich doch weiter!“ wurde der Bürgermeister nun laut.

„Der Sekretär hat sich gewundert, warum der Freiherr Ladislaus so unnachgiebig ist, weil doch der Vertrag mit denen von Prag und Windhaag Ende des Jahres sowieso erlischt. Seine Ehe mit Engelburg von Lamberg ist kinderlos geblieben, was hält sie also noch da? Das Pfandrecht wird aufgehoben, und sie müssen die Burg wieder räumen. Dann brauchen sie aber diese Malefizperson von einem Fuhrknecht nicht mehr. Es geht ihm wohl lediglich ums Prinzip, der Stadt nicht Recht zu geben!“

Der Bürgermeister reagierte wie vom Blitz getroffen, seine Gesichtsfarbe wechselte auf dunkelrot.

„Und wir Affen haben uns an der Nase herumführen lassen! Die haben doch genau gewusst, dass sie nichts zu verlieren haben. Und in der landesfürstlichen Kammer sitzen lauter Narren, denn die hätten uns schon lange über einen bevorstehenden Wechsel in der Pfandherrschaft informieren können! Dann wären wir wenigstens nicht die Blamierten gewesen. Holt den Richter zu mir!“

Richter Rueßwurmb schwor Stein und Bein, davon ebenfalls nichts gewusst zu haben.

„Mich trifft der Schlag“, stieß er erregt hervor, als ihm der Bürgermeister die Neuigkeit erzählte, „die da oben sind wirklich mit allen Wassern gewaschen. Die haben es schon wochenlang gewusst und uns bewusst in die Irre geführt. Aber das war ihr letzter Fehler! Jetzt sitzen wir auf dem längeren Ast! Ich bin überzeugt, dass der Vizedom der Stadt Recht geben wird, der wird sich wegen der paar Tage nicht mehr für sie einsetzen. Warten wir ab, bis man uns seine Entscheidung mitteilt!“

***

Der Richter war überzeugt, richtig gehandelt zu haben. Von seinem Standpunkt aus betrachtet, hatte er mit diesem entscheidenden Schritt seine Verantwortung abgegeben. Nun aber war die Landesfürstliche Kammer am Zug. Zwei Möglichkeiten blieben offen – entweder der Freiherr zeigte sich einsichtig und lieferte den Beschuldigten aus, oder ein landesfürstliches Regiment zog vor die Burg. Sollte er aber stur bleiben, würde man den Ponstingl eben mit Gewalt aus der Burg holen.

Gottes Mühlen mahlen langsam, so heißt es. Doch die Mühlen der Beamten brauchen naturgemäß noch etwas länger. Ungeduldig warteten Richter und Bürgermeister auf den Bescheid des Vizedoms.

Drei Wochen später war die Sache entschieden, der ungeduldig ersehnte Bote traf mit dem Erlass in Weitra ein. Die Entscheidung war eindeutig, dem Gericht wurde recht gegeben! Pfandherr Ladislaus musste auf allerhöchstem Befehl den Fuhrknecht Ponstingl an die Gemeinde ausliefern, im Falle einer Weigerung, so stand es geschrieben, würden landesfürstliche Soldaten die Burg stürmen und Ponstingl mit Gewalt herausholen.

-13-

Bereits am nächsten Tag marschierten Bürgermeister, Richter, Stadtbüttel Windprechtinger, die beiden Spießträger Georg Straß vom Unteren Tor und sein Kollege Georg Schneider vom Oberen Tor den steilen Anstieg zur Burg empor. Um der Sache noch mehr Gewicht zu geben, ergänzte Nachtwächter Zötterbauer in vollem Ornat die Eskorte.

Im Burghof stand ein Fuhrwerk bereit. Vier Knechte waren eben dabei, Möbel und Hausrat auf den Wagen zu laden.

„Ihr seid ja nun mit schwerem Geschütz aufgefahren, war das unbedingt notwendig?“ fuhr der Burgherr den Richter an.

„Es war die einzige Möglichkeit, verehrter Herr,, euch zur Einsicht zu bringen. Die Beweise gegen Ponstingl wiegen schwer, eine Verurteilung ist unumgänglich. Wir sahen sonst keine andere Möglichkeit, dem Mörder habhaft zu werden!“ erwiderte Rueßwurmb. „Gesetz ist Gesetz, und es ist Gottseidank für jeden gleich, ganz egal von welchem Stand er ist! Wie wir sehen, löst ihr euren Haushalt hier auf und verlässt unsere Stadt! Wenn euch hier nichts mehr hält, dann braucht ihr den Ponstingl nicht mehr! So einen wie den findet ihr doch überall!!“

„Habt ihr deswegen euren Nachtwächter mitgebracht, Herr Bürgermeister, damit er mir heimleuchte?“, wandte sich Ladislaus an Fleischhackher.

„Nein, hochedler Herr“, damit sollte nur in etwa ein Gleichgewicht zwischen der Stadt und der Herrschaft geschaffen werden, als symbolischer Akt sozusagen!“

Nun beendete der Stadtrichter das unnütze Geschwafel. „Ich verweise jetzt kraft meines Richteramtes auf den Befehl, der euch vom Vizedom zugestellt wurde. Gebt uns den Ponstingl raus!“

Ladislaus II. war dazu noch nicht bereit.

„Wir haben ihn gestern selbst in die Zange genommen, meine Neffen und ich. Nach anfänglichem Widerstand haben wir zu etwas härteren Mitteln gegriffen, und er gestand sowohl die beiden Morde, wie auch das Attentat auf euren Zunftmeister Eisenpeck. Als Motiv hat er tatsächlich den unverzeihlichen Sabotageakt an unserem Fuhrwerk genannt. Zu seiner Ehrenrettung muss ich sagen, dass er dabei mehr an die Gesundheit unserer Pferde, als an sich selbst gedacht hatte. Zwei lange Stunden hat er damals vom Waller bis nach Weitra gebraucht, da die Pferde im Zickzack gegangen sind, weil sie sturzbesoffen waren von dem ausgeflossenen Bier. Für ihn als guten Fuhrknecht war das eine große Blamage, die er nicht verkraftete. Für ihn stand es felsenfest fest, dass Bräuer aus der Stadt dafür verantwortlich waren, und so hat er sich durch seinen Hass zu diesen Taten hinreißen lassen! Er bereue nichts und werde die Verantwortung dafür tragen!"

Er wandte sich an seinen Neffen..

„Andre, bringe den Gefangen aus dem Verlies und übergib ihn der Gerichtsbarkeit" mit diesen Worten zog er sich in seine Gemächer zurück.

Die Abordnung aus der Stadt ging mit dem jungen Herrn in den Burghof, wo Ponstingl in einem Mauerloch eingesperrt war. Andre von Prag und Windhaag selbst befreite ihn von den Ketten. Windprechtinger holte umständlich lange einen Strick aus seiner Tasche und band ihn um das linke Handgelenk des Delinquenten. Dann ging alles blitzschnell. Ponstingl riss seinem Herrn den Dolch aus dem Gürtel und stach damit auf den Arm des Stadtbüttels ein, sodass dieser vor Schmerz laut aufheulte und den Strick losließ. Bevor noch irgendjemand reagieren konnte, schwang sich Ponstingl auf den Kutschbock des Pferdegespanns, ließ die Peitsche knallen und fuhr im Höllentempo beim Burgtor hinaus und den Berg hinunter. Nach einer kurzen Schrecksekunde rannten ihm alle nach. Als sie beim Burgtor ankamen und den Berg hinuntersahen, wurden sie Zeugen eines schaurigen Vorfalls, der ihnen noch wochenlang danach in den Knochen saß.

Denn auf halbem Wege zum Tor in der Mauer, die den

unteren Hof zur Bergzeile hin abgrenzte, sprang Ponstingl plötzlich in rasender Fahrt auf den Kutschbock hinauf und blieb dort stehen, die Zügel fest in den Händen haltend. Ließ seine Pferde wiederum die Peitsche spüren, damit sie noch schneller wurden. So raste er auf das Tor zu, wo ihm der niedrigere Torbalken den Kopf abriss. Er hatte sich selbst gerichtet!

ENDE